我骑着坏掉的自行车

[日] 市川拓司 著
六花 译

图书在版编目（CIP）数据

我骑着坏掉的自行车 /（日）市川拓司著；六花译 . —北京：北京联合出版公司，2020.12

ISBN 978-7-5596-4627-9

Ⅰ.①我… Ⅱ.①市…②六… Ⅲ.①长篇小说—日本—现代 Ⅳ.① I313.45

中国版本图书馆 CIP 数据核字（2020）第 198104 号

KOWARETA JITENSYA DE BOKU WA YUKU
Copyright©2015 Takuji Ichikawa
All rights reserved.
Originally published in Japan by Asahi Shimbun Publications Inc.
Simplified Chinese translation rights arranged with Asahi Shimbun Publications Inc.
through YOUBOOK AGNECY, China

本作品简体授权经由玉流文化版权代理独家授权。

我骑着坏掉的自行车

作　　者：（日）市川拓司　　　译　　者：六　花
出 品 人：赵红仕　　　　　　　产品经理：星　芳
责任编辑：夏应鹏

北京联合出版公司出版
（北京市西城区德外大街83号楼9层　　100088）
北京联合天畅文化传播公司发行
天津中印联印务有限公司印刷　新华书店经销
字数153千字　880 mm×1230 mm　1/32　印张8.25
2020年12月第1版　2020年12月第1次印刷
ISBN 978-7-5596-4627-9
定价：42.00元

版权所有，侵权必究
未经许可，不得以任何方式复制或抄袭本书部分或全部内容
如发现图书质量问题，可联系调换。
质量投诉电话：010-88843286/64258472-800

祖父的房间

在暗淡的暮色中,无数尘埃恍若小小的天使,正在空中起舞。我走到窗边,坐到曾被祖父当作睡床的那张厚垫子上。一种令人怀念的气息悄然无声地向我袭来,拨动着我的心弦。

这真是一种不可思议的感觉,祖父早已不在,他的气息却像与父母走散的孩子,此刻依旧游荡在这间昏暗的房间里。

祖父曾一个人独自租住在这间老旧的房子里,它是那么的小,小到仅仅有两个房间,一间被祖父当作卧室使用,另一间则是他的工作室,抑或叫作画室的神秘工作地点。

祖父的工作室从不允许旁人进入。房间的窗户被三合板挡得严严实实,门槛上的隔扇①也被钉子钉得死死的,隔扇外边甚至又

---

① 这里指日本和式房间中用于分割空间的门窗扇,可以是墙壁,也可以是拉门,也有装饰房间的作用。

被祖父加设了一块石膏板,这让那间不过六叠①大小的房间,俨然成了一个防空洞。我曾听说,祖父的童年恰逢战争时代,给他留下了不少恐怖的回忆,如此想来,或许他是有意把自己的工作室打造得像防空洞一样吧。

在靠近房间隔断墙那一侧的墙壁上,祖父设了一扇出入用的小门。那门看起来小得古怪,实在不像给人通行的,倒不如说更像是给宠物,譬如用两只后足站立行走的小狗之类的奇特动物准备的门。那扇门总是上着锁,只有在祖父进出的时候才会被打开。即便矮小如我的祖父,每每穿过那扇门时,也总显得很费劲。

我也曾悄悄地向门里窥探过,可惜里面黑洞洞的,什么都看不见。简直就像是通往未来,或异次元世界的隧道一样,没来由得让我感到害怕。因此,就算那道门没有上锁,我也不敢走进去。

关于祖父每天到底在那个房间里做些什么,我们一家人只能全靠想象。房间里总是很安静,所以我们几乎不可能凭动静推测出什么。

有那么一次,真的只有一次,当时我正在隔壁房间读书(小时候,我常把祖父的卧室当成自己的单间,在那里没人会来打扰

---

① 即日文汉字"畳",是计算榻榻米的量词,一叠相当于1.62平方米。在日文中也直接代指榻榻米、草席。

我，祖父的那张大厚垫子就是我畅读科幻小说的最佳地点），突然听到了女人的说话声。那声音听起来像是一位年轻女性在边说边笑，很是愉快。"……是吗？""……对吧？"她说每句话的尾音总是这样稍稍上扬，像是在询问什么。

那时，我被吓得后背一阵发凉。我心想，这绝对不可能，那个房间从不允许祖父以外的人进出，所以那声音的主人也绝对不是人类。

然而，那之后我并没有向祖父问明情况，因为我总觉得不问比较好。

那位女性大概是从异次元世界来的神秘访客——一番思考之后，我得出了这个结论（我小时候的想象力有些过于丰富，喜欢看科幻小说的孩子大多如此）。她一定是穿过黑暗的隧道，来到祖父身边。她的头发可能是蓝色的，而眼睛可能是金色的。

她来到这里的目的是什么呢？在我喜欢的科幻小说中，这样的访客大多都拥有绝对力量，是像审判者一般的存在，他们是为了判定人类是否会对宇宙造成危害而来。他们会任意挑选一个人类，进行一段时间的观察之后，再做出判断（假如结果不甚乐观，最糟糕的情况就是地球将被摧毁）。

作为人类的代表，我觉得祖父实在是太过偏颇的人选。这就好像是为了调查鸟类的真实生存状态，而选择了企鹅或无翼鸟作为观察对象一样。祖父是名极度和平主义者，争吵之事与他完全扯不上关系，他就是个人畜无害，连只蚊子都不敢杀死的人。祖父的体质也极度虚弱，在我记忆中，他的力气比五岁的小姑娘还要小。正因如此，无论何时，祖父都像是在惧怕什么。他就是个超级胆小鬼。

审判者选择祖父作为人类样本这件事，对我们而言，或许是近乎奇迹的幸运。他们会认为人类毫无害处，就像微不足道的味噌酱渣一样，是不值一提的废物，进而做出继续无视我们一百年也无妨的判断。

如此说来，祖父拯救了全人类。

由于祖父从不上街，他的购物所需便全由我们这些家人代劳（祖父的家和我们家只有步行五分钟的距离。祖父的家曾经也是父亲的家）。

除了大米和蔬菜等食材（祖父从不吃肉。我曾问过他："您是素食主义者吗？"祖父略显悲伤地笑着回道："不，我只是太有想象力了。"），祖父还总是拜托我们购买大量的制作材料。厚纸板、肯特纸、复写纸、各种尺寸的木材、铜丝、电线、木螺丝、螺钉、螺帽、小灯泡和低瓦灯泡，还有辉柏嘉牌的彩色铅笔（祖父需要的大多是蓝色系，其中尤其喜欢使用的是157号深靛蓝和246号普鲁士蓝）。

以上这些各式各样的材料全被那间神秘的工作室吞没了。根据肯特纸和蓝色铅笔的组合，父亲推测祖父或许是在画天空。

"你祖父小的时候上过绘画班。"父亲这样告诉我。

"但是，他怎么也画不好，好像还因为这个觉得特别丢人。所以他才把房间封得那么严实，在里边悄悄画画吧。那个小屋子里，大概挂满了描绘蓝天的画作吧。"

母亲想象的则是类似庭院盆景的东西。在一只大木箱里，祖父打造出了一派昔日生活过的街道上的风景。在那里边，厚纸板制作的房屋鳞次栉比，等到夜幕降临，小灯泡的亮光会把赛璐珞制成的窗子浸染成金黄色；在铜丝做成的树上，复写纸材质的叶子繁茂生长；在肯特纸上描绘出的居民们，正各自随意地伫立在街道上。

这可真是一种令人向往的光景，我都想在里面生活了。

不过，关于那个时候我是怎样想象祖父那个房间的，我已经记不清了。大概是跟父亲和母亲想象的都不一样，可能会更有一些魔法气息，譬如像炼金术那样"无中生有"的神奇魔法。

我总觉得，如果是祖父的话，就一定做得到，他跟其他人完全不同。从很久很久以前开始，那时我还没出生，祖父就在那个神秘的房间里，一心一意地专注于一项工作。至今应该已经有数十年了吧？将如此大量的时间全部耗费在一件事上，单是如此，就很不寻常。如果是我的祖父，一定连上帝的见习助手都能当得成。

不管怎么说，祖父可是拯救了这个世界的人。

夕阳很快西沉，房间中的色彩被全部带走，天使们也都不知所踪。

我从垫子上站起身，慢慢地朝工作室走去。揭晓祖父秘密的时刻终于就要来临了。我们已经被允许进入那间工作室，祖父在遗书中这样写道。

工作室没有上锁。在一个周末的夜里，祖父没有按老时间来我们家吃饭，父亲担心，便弄坏了锁，进了这个房间。当时，祖父坐在面朝窗子的椅子上，已经没有了气息（祖父是活过九十岁得善终）。自那以后，房间便再没上锁。

我弯下腰，把手伸向门把，门把略有松动，我轻轻一转，拉向身前，极其简单地打开了门。竟然没有遇到任何阻碍，这让我感到有些不可思议。也许，我是把自己想象成了尝试侵入皇家坟墓的寻宝人了。

我把腰放得更低一些，像走鸭子步似的钻进了工作室。里边确实很暗，连进深都看不出来。有那么一瞬间，这种黑暗正向远方无限延伸的错觉向我袭来，前方一定是遥远的未来，或者通往异次元世界吧。

我伸手去找电灯开关，在墙壁上探摸了好一会儿，才碰到一个像是开关的东西。大拇指一推，便听到一阵噼里啪啦像是什么东西裂开的声音,房间忽然亮了起来。那是很有年头的荧光灯。一瞬之间,房间缩小到只有六叠大小。

房间并没有通向任何地方,四面墙壁都是完好的,我面前还挂着一条雪白的床单。

在这房间里,既没有贴满墙壁的蓝天画作,也没有肯特纸居民居住的庭院盆景,我只看到一张大大的木桌,桌子上放着一个不可思议的装置,打眼看去完全不知道那是什么。

除此之外,桌子上还堆放着很多其他东西,墙上也贴着许多画和不知什么内容的剪报,目之所及信息之巨,看得我头晕目眩。

我反复眨动双眼,再一次眺望墙面,那巨大的拼贴画,抑或叫马赛克,呈现出恍若曼荼罗①的景致,而在那之中,我留意到一幅熟悉的画作。

那幅画上,是一对并排伫立在大树前的年轻男女。画中深浅交织的蓝色彩铅线条,一瞬间,将我的心拉回到过去。

怀恋之感霎时刺痛了我的心。

那时我二十三岁。

因为刚刚结束一段恋情(不,不只是这件事,当时我所经

---

① 音译自梵文,意为"坛场"。佛教徒在诵经或修法时安置佛、菩萨像的地方。后密宗把佛、菩萨像画在纸帛上,亦称"曼荼罗"。它是僧人和藏民日常修习秘法时的"心中宇宙图",以圆形或正方形为主,相当对称,有中心点。

历的一切），使我陷入了不可遏制的混乱之中。而最终拯救我的人，正是祖父。

我们曾一起踏上旅途。那是一段我永远不会忘却、美妙而奇特的旅程。

我与祖父的旅行

比起父亲,我和祖父更为相像。我的父亲是个成熟可靠的人,为了照料自己靠不住的父亲,父亲变成这样也是必然之事。

"反正不快点长大肯定不行。"父亲曾这样说,"我要是不着急,我们俩就有可能都活不下去。如果有一个人必须改变,我想还是正处在成长期的我更适合。"

那时候,祖父的性格早已定型,几乎没有什么成长空间了。

父亲的母亲——我的祖母,在生下父亲后不久就过世了。因此,我所说的靠不住的父亲,就是指我的祖父。

据说在童年时期,祖父就为自己担忧过度的个性而烦恼。什么事都让他感到害怕,即使真的没什么,他也觉得害怕。

因此,祖父自然开始忽视对周遭的关注,在成长过程中应该学会的事,有一多半他都做不来。比如与他人沟通的正确方法、处世之道、让自己显得更厉害的做法,还有打败对手的有效方法、应对他人攻击的有效自我保护法，诸如此类。

祖父天真得让人难以置信，他的心像蜡纸一样脆。就像用石灰质外壳保护自己的软体动物一样，祖父制造出一处坚固的避难所，把自己易碎的心藏了进去。那间神秘的工作室就是他的避难所的象征。

祖父在附近的私立高中做清洁工，他仅凭一个男人的力量，将我的父亲抚养长大。他的工作几乎不需要接触他人，这对异常厌世的祖父而言，似乎是一份特别合适的工作。

我虽不像祖父那般厌世，但个性中还是有一些无法顺利适应这个世界的地方。做什么事都没把握；无论何时，自己的步调总会与周围的人偏离两三步。因为我有能干可靠的父母，所以自己就没必要变得那么靠得住。

我睁着眼睛时会做梦，睡着了也会做梦，也就是说，无论何时我都在梦中神游。

不知道是不是因为读了太多科幻小说，我总是会梦到世界末日。梦中的场景虽然各式各样，但最多的还是关于火。燃烧得通红的火球像冰雹一样倾盆而降，我的周围全是烈火。不仅有洲际弹道导弹袭来，还有不知名的蓝色光线。

除了关于火的梦，我还常做与水有关的梦。自《圣经》旧约时代开始反复上演的洪水传说，已牢牢刻进了人类的遗传基因中。根据《圣经》中的记载,我们所有人似乎都是挪亚的子孙后代。

此外,我还会梦到战争。在梦中,我总是夹杂在逃难的人群里。身穿军装的士兵们正引导我们前进,自山丘对面传来炮击的声响。偶尔夜空中(我的梦里总是黑夜),像有镁燃烧似的忽然亮起来,我们疲倦不堪的身影便从黑暗之中显现。

我想着,这是谁的梦呢?这似乎不是我的,而是祖父目睹的梦境。是梦的隔代遗传?或者说是我们的身体里,都流淌着传承自远古祖先的难民的血吗?

祖父几乎从未讲过关于战争的事。战争结束时,他还是个孩子,因此或许并没留下多少记忆。在空袭①中,祖父失去了大半家人——他的父亲,还有哥哥和妹妹。

"那场空袭之后,我的心境就变了。"祖父曾这样对我说,"普通的胆小鬼变成病态的胆小鬼,我总把事情想象到最坏的程度。从那以后,我再没有无所顾忌地笑过。"

单是把这件事说出口,祖父已经显得非常痛苦。他的声音颤抖着,眼眶也沁出眼泪,泪水沿着火星运河似的细小皱纹,缓缓流过祖父的脸颊(毛细现象)。

---

① 这里指从1944年6月开始,在日本境内发生的大规模、不加区别的轰炸。

祖父把自己关在那个被石膏板包围的小小防空洞里，就是为了疗愈自己那颗破碎的心吧。他把自己藏在亲手打造的摇篮里，沉浸在幸福的幻想之中。那个房间就像是极度容易受伤之人分泌出的珍珠似的东西，只有在那种幻想中，他们才能勉强与自己的人生达成和解，继续活下去。我想，这就是那间神秘工作室的意义所在吧。

* * *

第一个注意到祖父"失踪"的人是父亲。

每到周六晚上，祖父都会来我们家，跟我们一起吃晚饭（为了不让祖父陷入完全孤立，父亲在结婚时跟他做了如此约定。虽然也提出过要住在一起，但被祖父自然地拒绝了）。晚饭过后，祖父也不能立马回家，他需要跟我们一起在客厅里看电视（这也是约定内容之一，"第二条：一起看电视至少三十分钟"）。靠着这种方法，我们与性格内向的祖父之间的"家人交流"半带强制性地坚持了二十多年。

那天，到了晚饭时间，见祖父迟迟未到，父亲便步行去迎他。然而祖父并不在家，只见门上有一张用胶带纸粘好的仅写了一句话的便条——"外出旅行，下周一回来"。

父亲回到家，把那张便条拿给我和母亲看，大大地叹了口气。

"真是的。"

父亲将长长的手指插入他那一头浓密的黑发之间,咯吱咯吱地挠着头。

"这可怎么办才好……"

"怎么办……也只能等着了吧?"母亲说道,"毕竟是父亲自己想出去的。"

"话虽这么说……"

从小时候起,成熟可靠的父亲就一直在照顾不可靠的祖父。而随着年岁增长,祖父变得越发让人放心不下,父亲也就变得比从前更加操心祖父的事情。

对父亲而言,祖父就像需要费心照顾的婴儿一样。他会不会在视线离开的间歇,因为吐奶而窒息?会不会因为睡觉时没帮他翻身,被枕头堵住嘴?父亲真的连这种事都要担心。他身上有种过度的使命感,因为不得不常为祖父担心的成长经历,让父亲变成了这样。从这一点来看,父亲其实也是个相当爱操心的人。

说到旅行,祖父有个大问题。

祖父是个极度胆小的人,虽说世间的大多数事物都让他感到害怕,但其中最让他害怕的就是交通工具。飞机自不必说,就连电车和公交车,祖父也坐不了。正因如此,他的生活中有许多不便之处。

祖父曾对我说，一切让他陷入想逃离却又无法迅速离开的状况，都会让他觉得恐怖。这就像生存在太古时代的野兽的防御本能，出现在了不合时宜的地方。

不只是无法乘坐交通工具的问题，祖父随意外出这件事，就会给周遭带去麻烦——比如他无法出席会议和结婚典礼之类的活动（因为祖父也是个过度照顾他人情绪的人）。因此，电影院、理发店，他都去不了；看牙医、拍X光片之类的事，他也做不到。还有游乐园里所有的封闭式乘坐项目，单人牢房、拘束衣、绑在十字架上的刑罚，这些都是祖父惧怕的对象。正因如此，乘车时系上安全带的行为，将会让祖父经受双重的痛苦。

祖父外出的目的地只有学校，似乎也是出于以上原因。他会自己剪头发，还会用奇怪的药治疗自己的蛀牙（祖父还用钳子自己拔过槽牙，伤口被细菌感染，引发了炎症。自那之后，祖父的左脸颊就一直像含了棉球似的肿胀着）。

再者，只要离开自己的家，祖父就会感到巨大的不安（对祖父而言，所谓人生，就是与过度不安情绪之间的无止尽的斗争。也许，这正是因为"活下去"的意念太强所致，因此祖父无论何时都对死亡充满恐惧）。

我对这一点也感同身受。在名为《宇宙猎人卡莱尔》的系列科幻小说中，出现过一种外形酷似长臂猿、名叫马里的宇宙生物。它们虽生活在金星上的森林里，但身为太阳系中的一种非常神经质的动物,只要离开自己的住所,哪怕一米远,都会发狂至死。我觉得祖父一定是地球版的马里。一种个性过于天真,承受不了环境变化的生物。

从以前居住的地方搬到这里时,祖父肯定相当痛苦吧。话说回来,祖父既然知道情绪会反常至此,为何还要搬离从前居住的镇子呢?这也是个巨大的未解之谜。

祖父的大半生,都是在半径数百米的圆圈中度过的。他工作的学校,骑自行车五分钟即可抵达,我也从来没有听他提起过曾去哪里旅行的话题。

"自行车呢?"我问道。

"不在了,应该是骑车走的吧。"父亲点点头,说道。

祖父的自行车颇有些年头,大概跟他一样老。车子哪里坏了,他就修一修。一直以来,祖父就只会骑那一辆复古的自行车。

"是今天早晨走的吗?昨天我去的时候,他还在家呢。"

"应该是吧。看来是总共三天的长途旅行。"

"是去哪儿了呢?"

"也许,"父亲开口道,"我估计是他从前住的地方。"

"你是说父亲出生的镇子?"

"嗯,我能想到的只有那儿。"

"那儿是什么样的?"

"不知道。"父亲说,"离开那个镇子时我还不到一岁,后来就再没回去过。那儿也没有咱们家的亲戚。"

"从地图上看,是离城市很远的乡下呢。"母亲说。

"是个群山环绕的小盆地,离咱们这儿有五十多公里远呢。"

"祖父和祖母是在那儿认识的吗?"

"好像是,老爷子几乎从来不说那个镇子的事。所以,连我这个当儿子的也什么都不知道。"

"那儿是不是有什么重要的回忆?"

"肯定有呀。"母亲说,"父亲那么讨厌出门还决定去那儿,肯定需要相当大的勇气。"

"最近,可能是因为年纪大了吧,老爷子好像在考虑很多事。不知道是在回顾人生,还是要着手人生的集大成之作。"

"你指那间神秘的工作室?"

"是吧,肯定……恐怕跟那儿也脱不了关系。"

"总之,现在先等着吧。"母亲说,"父亲肯定会跟我们联系的。"

"他会吗?"父亲对此抱有怀疑。

"老爷子也极其不喜欢电话,就像讨厌恶魔似的毫无理由。我想,他肯定不会打电话回来,总之明天先再等一天,如果还是没消息,就得想想办法了……"

然而，并没有再等一整天的必要，第二天上午十一点左右，我们家的电话就响了，是医院打来的。

* * *

祖父的旅行意外地顺利。第一天的傍晚时分，他已经走到距离目的地约十公里的地方（祖父果然是要去跟祖母一起生活过的镇子）。

日落之前，祖父抵达了预订好的商务酒店。用使不惯的淋浴洗去全身污渍之后，祖父连晚饭也没吃，就像晕倒似的躺到床上，连动一根手指的力气都没有了。

彻夜难眠。对于祖父这个地球版的马里而言，这家酒店就相当于宇宙尽头一般的所在。剧烈的疲惫感，以及不安和紧张的情绪，一并折磨着他。

这一夜漫长得像是永恒，祖父没有睡着就迎来了早晨。酒店里其他的住客都已经起床，开始为出发做准备。祖父听着远处传来的匆忙准备的喧闹声，虽然为时已晚，但总算感觉萌生出些睡意。他睡得迷迷糊糊的时候，又一下子睁开眼。就这样反反复复数次，等祖父终于清醒过来时，时间已经过去了几个小时。

直到快十一点才出现在酒店大厅的祖父，就像出场晚了的幽灵一样。他悄悄地办好退房手续，逃也似的离开了酒店。

事故就发生在这个时候。

祖父跨上停在酒店门前的自行车，就在他想要出发时，被眼前横穿而过的卡车吓慌了神，当即摔了一大跤（祖父一直有这样的毛病，面对不必太过恐惧的场面，他也会表现出过度的惊愕，自己先把自己给吓死了）。

祖父虽然没受什么重伤，为了保险起见，还是有人叫来救护车，把他送去了医院。因为出现了轻微的脑震荡症状，所以需要先做检查，留院观察一晚。

接到医院的来电后，我们马上开了家庭会议。父亲（自由插画师，主要做书籍的装帧画）因为工作恰逢截稿期，无论如何都脱不开身，母亲下午则需要参加朋友女儿的婚礼。

鉴于以上原因，结果就决定让我这个完全没事儿的人去医院。

"老爷子就拜托你了。"父亲将装了现金的信封和保险证交给我时，这样说道，"要把他安全地带回家啊。"

"嗯，知道了。交给我吧。"

考虑到回程，我决定骑摩托车前往。和祖父一起，不能坐电车或公交车。骑摩托车的话，就可以让祖父坐在我后边把他带回家。

我用尽全力猛踹一脚，启动了刚买的爱车（排量200毫升的越野摩托车），挂好车挡，麻利地出发了。

"拜托了！"父亲大吼似的对我说。

"放心吧！"

我大声地回应，一口气又加快了摩托车的速度。目的地是位于县境的医院，顺利的话，一个小时就可以抵达。

* * *

二十三岁的我之所以完全无事可做，是因为我正处于失业状态，也正在失恋中（暂时尚未确定）。

我强烈地感到自己正处在人生的谷底。话虽如此，我的人生也并没有经历过什么了不起的巅峰。或许，她跟我的交往，就是我至今为止的人生中发生过的最重要的事。

她叫野川麻美，是我高三时的同班同学。她不是一个能被普遍认可的美女，想感受到她的魅力，需要相当的理解能力。她就像是复杂的谜题，或无法描述清楚全貌的小说，只有极少数的人能够了解其真相。正因如此，她在男生中的人气，一直徘徊在班里的第四名左右。

她的学习成绩很好，能排到全年级第十名左右。她的个性非常认真，只不过有些笨拙，为此也吃过不少亏。她总是去正面决胜负，不会耍滑头，偶尔会做些让人难以置信的蠢事。她说话干脆爽快，对待男生会表现出一点儿姐姐的样子（事实上，她确实有三个弟弟）。

她的身高正好处于班里的中等位置，体形相当纤瘦。她的头发很长，一直梳着马尾辫。她在学校的吹奏乐部里吹短号。

当时，我们还只是普通的同班同学，关于她的事，我所知道的只有这些。我跟她交谈过的次数，大概也是屈指可数。

但是，我喜欢上了她。没有任何理由，只因为她是她，这就是全部的理由。虽然在她之前，我也曾喜欢过几个女孩，但喜欢到这种程度的，这还是人生中第一次。

直到高中第三年，我们初次同班[①]之后，我才意识到她的存在，在意起她来。然后，她的身影就变得格外吸引我注意。唯有照在她身上的光芒和释放的色彩，与其他女孩不同。我一直远远地关注着她，等到自己有所察觉时，早已陷入无法自拔的境地。

这就好像进展缓慢的化学反应，但是一旦开始，就再也无法回到之前的状态。

我没有告白的勇气。因此，整日都在提心吊胆，想着会不会有其他男生，突然发了疯要向她告白。她又会不会被那份气魄或者说是当时的气氛压倒，就那样答应了呢。

[①] 日本的多数高中每一学年都会重新分班。

虽然，我若是能发疯就好了，但遗憾的是，我们家的遗传基因里并没有那种个性。该说是保守还是逃避呢，不去冒险，维持现状，才是我们家的座右铭。

所幸，她打算考入文科的国立大学，有很多不得不做的准备。因此，十七岁的她牺牲了自己大部分的私人时间。她那种修女般的禁欲生活，连旁人都能看得明白，所以，男生们定然会感觉无论如何都很难抓住机会。

正因如此，她安全地、毫发无伤地闯过了各种各样的难关。体育祭、文化祭、秋天的定向越野赛，当众多女生（班里的第一名、第二名、第三名，以及排名之外的女生……）被成功攻下时，她奇迹般地将完全独立坚持到底。

毕业典礼和谢师会亦是相当危险，不过泪眼潸然的女生们，不知不觉间组成了保护她的墙壁，让男生们无法靠近。当然，我也没能靠近她，但是，从长远来看还是有希望的。就这样，我自己说服了自己。

直到后来我才听说，在我不知道的时间点，似乎曾有几个人向她告白过。可是，她全部拒绝了——

"对不起。我很笨，做不到一边谈恋爱一边备考。"

这件事给我的感觉就像是事后才被告知，在我不知道的某一刻,巨大的小行星曾经掠过地球附近一样。

我是个爱做白日梦的人,不像她那样勤奋,也并非特别喜欢学习,成绩一直徘徊在下游。

我喜欢的是阅读和创作科幻小说、绘画,还有弹吉他。全都是一个人可以做的事。

其实,我是想像父亲那样,成为一名插画师,然而我跟祖父一样(不过这实际遗传自母亲),非常不善于辨别色彩。美术老师曾对我说过,对我来说,想让绘画变成职业会相当难。对于微妙的色调变化,我全部视作浓淡不一的灰色。因此,那时的我总是只画铅笔画。

我弹吉他的技术也不算出挑(即使简单的和弦,不看和弦表我也无法弹奏,我的记忆力还真是不可思议。我想着好歹要记住一首曲子,但是开始学下一首曲子的时候,就已经忘记之前学会的那首。因此,日复一日,我总在弹《山鹰之歌》①这一首曲子),只有科幻小说,让我觉得似乎能看到未来。虽说科幻小说才真的是梦中之梦,但身为白日梦者的我,相信自己在做梦方面不会输给任何人。

我想跟她去同一所国立大学,但我深知自己的记忆力差得要

---

① 秘鲁歌曲 *El Cóndor Pasa*,是一首反抗西班牙殖民者的南美秘鲁一带的印地安民歌,已被列入联合国世界文化遗产。

命,于是去了只要英语一科成绩好就能进的私立大学。虽然会让人感觉不可思议,但我只有英语成绩出类拔萃。或许我前世是个英国人吧。

* * *

大概是毕业典礼过后一个月的某一天,透过行进电车的车窗,我看到了正走向车站的她的身影。

我之前就预感到了会遇见她。话虽如此,其实是很现实的推测(她去国立大学所走的路线跟我一样,她家比我家近两站地)。

身穿日常便服的她,看起来非常耀眼。淡红色的风衣包裹着她的身体,红色的发卡将她长长的头发固定成小小的发髻。我感觉,她变得越发光彩照人了。

如此碰上她两三次之后,我便开始乘坐晚一班的电车出门。虽然,为了赶上第一节课,下车之后必须跑着去学校,但这点小事不值一提。

第一天我没能遇见她。那个时间段的电车相当拥挤,要去其他车厢找她非常困难。因此第二天,我踏进了另一节车厢。我站在车门附近,等电车一到站,就赶忙向站台上四处张望。可惜上车的乘客太多,我完全望不到她的身影。就这样,第二天我仍旧落了空。

直到第三天，命运的女神终于向我露出了微笑。

这天我又换了一节车厢，站在车门附近，眼看就要发车的瞬间，她急匆匆地跑上车，就好像是冲着我的胸膛闯进来的一样。

"咚"的一下，她撞到我身上，下意识地说了声"对不起"。我刚回了一句"没关系"，她便看向我，脸上露出意外的神色。

"扑"的一声响，车门紧闭，电车开始行进。

"大泽？"她说。

"野川？"

我的询问有些刻意，但她似乎没有察觉。我惊讶于这种偶然（虽然并非真的偶然），心底激动不已。

"好巧呀，你一直坐这趟车吗？"

"是啊。啊，不过我今天换了节车厢。"

"我就说嘛！我一直在这节车厢上车。"

我感觉我们之间的对话进展得意外顺利，就像是比实际关系要亲近很多的朋友重逢一般。我们聊了刚刚开始的大学生活，也彼此汇报了高中同学的近况。

如此顺利的发展远出我所料，我正在跟自己一直憧憬的那个野川同学，如此自然地交谈。她对我说的话充满兴趣，她就站在如此近的距离凝视着我的脸，对我展露出美好至极的笑容。这简直像梦一样。她先抵达了要下车的车站,我的大学则还在三站外。

"再见啦!"她站在站台上,向我挥手告别。

"嗯,再见。"

她一直目送我离开。直到我们看不到彼此的身影为止,她始终站在站台上挥着手。我想着,自己得有多久没遇到过如此高兴的事了呢,却怎么也回忆不起来。

* * *

从那以后,我们经常在早晨的电车上进行简短的交谈。在从她上车的车站到大学为止的这十五分钟里,我们聊了很多。

令我意外的是,她也喜欢科幻小说。而且,她还知道我喜欢科幻小说的事。

"课间休息时,你总是在读文库本①,对吧?书脊是蓝色的。"

"你注意到了?"

"当然啦。"她回答道,"我还想着,什么时候去找你聊聊呢。但总是……这种事很难,对吧?"

---

① 从日本近代开始流行,是105mm×148mm的小开本书籍,价格低廉,便于携带。

我高兴得简直想大喊出来，原来我不是她眼中的路人甲！

她还想过找我聊天？那感觉就像是自己忽然被从舞台侧幕硬拉到了聚光灯照耀的舞台正中。

我们喜欢的作家也大多相同，其中尽是些堪称古典派的老作家。我是因为总在父亲的书架上找书读，她则是受了她姑妈的影响。

"我去姑妈家时，看到高大的书架上摆满了科幻小说，有银色书脊的，还有蓝色书脊的。"

雷·库明斯[1]、雷·布雷德伯里[2]、A. E. 范·沃格特[3]，还有西奥多·斯特金[4]。我说出这些作家的名字。

"《超人类》[5]？"

"对，《超人类》。那部真是不可思议，主人公们的命运那么不同寻常，让人很想去帮助他们。"

---

[1] 雷·库明斯（1887—1957）：美国科幻作家，一生共创作了约750篇小说，被誉为科幻类型文学的奠基人之一。代表作品有《金原子中的女孩》等。
[2] 雷·布雷德伯里（1920—2012）：美国科幻、奇幻、恐怖小说作家，代表作品有《火星纪事》《华氏451度》等。
[3] A. E. 范·沃格特（1912—2000）：美国科幻作家，是最早进入科幻奇幻名人堂的四位作家之一。代表作品有《黑色毁灭者》《斯兰》等。
[4] 西奥多·斯特金（1918—1985）：美国短篇科幻小说巨匠，曾被《纽约时报》评价为"现代科幻小说的良心"。代表作品有《超人类》等。
[5] 西奥多·斯特金的作品，被广泛认为是他最杰出、最伟大的科幻小说。小说中关注了六个具有非凡能力的人，他们聚在一起形成了一个超级生命体。

"还有《斯兰》①?"

"对,《斯兰》也一样。"

"不过,野川你跟班里的同学那么融洽,那么受欢迎。"

"假装成那样可帮我避开了不少问题呢,其实我还挺擅长演戏的。"

"我可没看出来你是在演。"

"谁都是那样的吧?或多或少在扮演自己。"

"我也是那样吗?"

她一下子笑起来。

"大泽你真是天真得惊人。"

"倒是常有人说我天然②。"

"都一样呀。要不是对自己有自信,可做不到这样。"

"啊?是吗?不过像我这样的人可完全不行。"

"能这么坦率地评价自己就是你的优点呀。所有人都在努力让自己看起来比真实的自己更了不起,否则就会变得过度自轻自贱,让身边的人对自己失望。"

"听你这么说,感觉做人还真不容易。"

"是呀。一切都是自我意识的错,它可是个棘手的敌人。"

让人惊讶的是,就连弹吉他的爱好,我们俩都一样。就好像

---

① A. E. 范·沃格特于1946年开始在《惊人科幻小说》连载的重要作品。
② 源自日本的网络用语,常指人的思想简单,性格单纯。

我至今为止的人生，都是为了跟她谈得来而存在的。我深刻感受到，人生中还真是没有无用的经历。

"我初中时参加过合奏部，负责弹古典吉他。"她说，"所以现在也只弹尼龙弦①。"

"我用的是父亲用过的马丁吉他②。我也是从初中开始弹吉他的吧。"

"你弹什么？"

"《山鹰之歌》。"

"啊，那首是我初中时弹过的课题曲，好怀念啊。还有呢？"

"只有这首。"我说道。

"只有这首？"

"嗯。"

"可是……"

她说着，目光转向空中，看起来像在思考些什么。

"你少说也弹了四年吧？"

"嗯。但是弹会这一首我就已经尽了最大努力，再也记不住更多曲子了，我会的和弦也没有增加。所以，我每天弹一遍《山鹰之歌》，这样我就满足了。"

"每天？"

---

① 古典吉他的一种，指代使用尼龙弦的古典吉他。
② 美国 MARTIN 吉他公司生产的吉他。

"是啊，但是，这也能叫在弹吉他，对吧？"

"真是个怪人，"她笑着说，"这种话我还是头一次听说。"

"我的记忆力似乎有点儿问题。要同时学这个学那个的，我真的做不到。"

"那，我来教你吧。先学《寂静之声》①吧。"

"真的吗？你愿意教我？"

"不过我弹得也不是特别好。"

"你太谦虚了。"我说，"我不介意，请务必教教我。"

* * *

就这样，我们开始在乘电车以外的时间见面了。

最终，我们放弃了练习吉他，她之前太低估我记忆力的恶劣程度了。她还说，我的手指用力到让人难以置信。

"你单是能把《山鹰之歌》弹得那么熟练，就已经算是奇迹啦。"她说，"你这辈子可都要珍惜地弹奏它啊。"

取代吉他练习，我们俩会一起去河堤散步，还会带着便当去逛植物园，也在公园的池塘里乘过小船，甚至还去过海边一日游。

我也常常带她去祖父的家（带她去自己家总觉得难为情）。

---

① 即 *The Sound Of Silence*，20世纪60年代的民谣二人组保罗·西蒙与加芬克尔的成名作。在1967年作为美国电影《毕业生》的主题歌，非常受欢迎。

"我小时候总是在这里埋头读科幻小说。"听我这么一说,她就满怀兴趣地打量起那间小小的房间。

"这里真不错。"她说,"给人一种不可思议的平静感。"

她很快就跟祖父亲近起来。

即便我不在,他们两个也能亲密地交谈。虽然吃祖父的醋也无济于事,但我总觉得自己像被伙伴排挤了似的。这种时候,我就独自靠在墙壁上,像从前那样读起科幻小说,等待着他们俩结束谈话。

祖父似乎对她相当满意。

"真是个好姑娘。"祖父对我说,"好好珍惜她吧,这种相遇太难得了。"

* * *

时光匆匆,我们读到大二,又升上了大三。

从那时起,我便隐隐感觉到,我似乎弄错了些什么。我们两个并非恋人,而是变成了好友。

我对她的喜欢日渐加深,但越是如此,我的言行就变得越发君子。我心中的控制电路十分荒谬,它像恒温器一般,限制着我的爱意。

我不敢去牵她的手,与性相关的信号亦被彻底排除。我们俩仿佛是一对小学生情侣。

我不知道她在想些什么。不过，她也从未向我展示出那方面的意思，于是我擅自以为，这一定就是属于我们的理想关系吧。由此，我的一举一动变得越发君子。

我想，这是否就是她所说的"扮演自己"呢，但又总觉得还是不尽相同。

似乎从最一开始，我的身体里就欠缺和异性共筑恋爱关系所需的基础构件。对我而言，与某人成为恋人是非常不自然的事。我想做的不是当事人，而是个旁观者。就像优雅的舞蹈那样，我希望在保持适当距离的同时，将自己置身于惬意的安心感之中——

尽管如此，我还是强烈地期盼着"那些不自然的事"。

我陷入荒唐的矛盾之中。我只能认为，是自己大脑线路图的某个细节出现了设计错误。

* * *

个性认真的她，凭借日积月累的努力学习，终于得到了期望的出版社就职机会。那里的录用率高达几百分之一。而我进了一家录用率仅几分之一的中型制造公司。我的期望岗位是会计（因为我的大学专业是企业经营，上学期间还考过了簿记①三级）。

虽然如我所愿被分配到会计科，但是我在那家公司只干了三个月就辞职了。

所谓公司，真的是个非常奇妙的地方。它比学校更不讲道理，需要守的规则极其多，还有毫无意义的惯例和无穷无尽的原则方针，以及复杂的人际关系。就连同一年进公司的同事中也有派系之分，我进公司的第一天就被孤立了。

员工们只要聚到一处，就总是在说别人的坏话。骂上司成为公认的娱乐项目，为了增强员工的稳定性，公司还鼓励办公室恋情。

不行，我心想，我在这里干不下去。要在这种魔窟般的地方生存下去，我的大脑实在太过单纯。我们家果然还是手艺人的血统，适合一个人埋头做点什么。

辞职的事，我没有找她商量。她似乎工作得非常开心，所以我不想用这种事泼她的冷水。

虽说我的奖金金额不多，但刚拿上这笔钱就辞职总感觉有些不好意思，因此六月递出辞职信后，七月初②我就离开了公司。

离职之后，我才对她说出这件事。

---

① 即日本的日商簿记考试，共有1~4级四种等级，1级为最高等级。
② 日本企业一年通常会发两次奖金，包括6月30日发放的夏季奖金，以及12月10日发放的冬季奖金。

"真的假的！"她说，"为什么？找工作的时候，你不是很努力吗？那家公司就是你的第一志愿吧？"

"嗯。但是，仔细想想，其实我去哪儿都行。所谓的工作，说白了就是为了生存，而我真正想做的是其他事情。"

我们在她公司附近的意大利餐厅用晚餐，时间已经有些晚。坐在旁边的其他客人，在我看来，没来由地显得光彩照人。

"那你想做的事是什么？"

"总之，我准备先用这三个月的工资，考个普通二轮摩托车的驾驶执照。"

"那就是你想做的事？摩托车驾驶执照跟将来的规划，有什么关系吗？"

"这个嘛……"我耸了耸肩，"要不要去当个冒险家呢？"

"你认真的？"

"谁知道呢。"我说，"我也不是很清楚。"

她生气了。不是因为我从公司辞职，也不是为了时至今日才突然告诉她这件事，而是因为我没有明确的目标，像个水母似的肆意漂浮，她无法容忍我这种没志气的态度。这种时候，她变成了要求严格的姐姐。

她是个非常努力的人。她用坚强的意志和与生俱来的极度认真弥补了自己的笨拙，终于让梦想成真。而且，她现在仍然在竭尽全力地努力着。

在这样的她眼中，中途放弃还丝毫没有悔意的我，看起来一定很让人着急吧。

说实话，我发现自己比从前更喜欢写小说了，我真心想成为作家。但是，唯有当作家这件事是单凭努力还不够的，天赐的才能绝对必不可少。

身为一个热心读者，我成为作家的门槛也随之变高。我向往的高度是闪耀在夜空中的群星。任意一颗星星都是雷·布雷德伯里、西奥多·斯特金、雷·库明斯那样的人，单单听到名字就让人浑身战栗。

我没有对她说出这件事。理由很明确，她的审美能力了得，不管怎么说，她现在可是专业人士。总之，我现在还不想让自己的作品遭遇不幸。

在不怎么愉悦的气氛中，我们分别了。

从那一晚开始，我们两个见面的次数日渐变少，其中也有她工作异常繁忙的缘故。但是，不如说想要拉开距离的人是我。我不想剥夺她宝贵的时间，而且再见面的话，气氛肯定又会变得不怎么融洽。

我看不到自己的未来。以群星为目标的旅途太过遥远，又缺乏现实感。已经失去沉重的社会头衔的我，一如既往地以白日梦者的身份，在这个残酷世界的边缘肆意漂浮着。

夏天快要结束的时节，在大学研究班的同学聚会上，我喝得酩酊大醉（非常痛苦的聚会，我觉得自己与周遭完全不搭调，还生出不明缘由的愤怒）。回家路上，我径自去了她的公寓（她独自租住在公司附近的公寓里）。在没完没了地说了许多无聊的话之后，我强吻了她（难以置信的是，这是我们俩的第一次接吻），然后就被狠狠地扇了耳光。而且，在混乱之中，我还摸了她的胸（这是我们两人之间的第一次爱抚）。

"我讨厌这样的大泽！"她哭着说，"我暂时不想见你，别再联系我。"

被一巴掌打清醒的我，带着强烈的悔意，垂头丧气地回了家。

不管我们两人之间曾经是什么关系，现在都结束了，真是自作自受。我心里这样想。

从那天开始，我成了一个彻头彻尾的自由人。我总觉得，自己的整个身体里都被掏得空空荡荡。

* * *

抵达医院后，我在接待处问明祖父的病房后跑上楼去。虽然听说情况并不严重，但我心里终究觉得不安。

病房里正巧有位中年男医生，他正跟祖父说着什么。见我来了，祖父用虚弱的声音说道："啊，小真，你来啦……"

祖父变得十分憔悴。他脸上那些无精打采的稀疏白胡子，让他看起来又多了几分憔悴。

"您还好吗，爷爷？"

"啊，不要紧……"

医生又向我说明了一遍之前在电话里听过的话，轻微脑震荡，检查无异常，但是祖父年岁已高，保险起见需要住院一晚，观察情况。

医生走后，我在祖父枕边的椅子上坐了下来。这是间单人病房，据说只有这里的床位空着。

"住这个病房得多交钱。"祖父说，"要花不少吧……"

"放心吧，我带够钱来的。"

"是吗……"

"您感觉怎么样？头不疼吗？"

"不疼。"祖父说，"我就是觉得心里不安，感觉自己变成了囚犯似的。"

"您又说这种话。医生都是为您着想，才让您住院的。"

"所以啊，我要是没事，赶紧放我走多好。这会不会是什么坏事的先兆啊？"

又来了，祖父的杞人忧天。

"没那回事。放心吧,我今晚会在这儿陪着您的,这下不怕了吧?"

"不好说啊……"祖父说,"反正我还是睡不着。"

祖父像个孩子似的闹着别扭,随着年岁增长,他似乎也变得越发固执。

"小真啊。"祖父说。

"嗯,怎么了?"

"麻美最近怎么样?有些日子没看见她了,她还好吗?"

自然,我没有告诉祖父,自己强吻她并被扇耳光的事。也没说自那以后,我们有一个多月没联系的事。只是,因为祖父是个极度天真的人,直觉又异常敏锐,或许他已经察觉到了什么。

"嗯,她挺好的,好像特别忙。毕竟她是个编辑嘛。"

"是吗,那就好。"

"嗯……"

"说不定……"祖父说,"她今天会有时间吧?"

"今天?"

"是啊,今天是连续休假的第二天,又是周日。再怎么忙,周日总不需要工作吧?"

"如果她休息,您有什么事?"

"让她来这儿。"

"来这儿?"

"对，我想见那个姑娘……"

我目不转睛地看着祖父的脸。想见那个姑娘？那语气就好像野川是他的女朋友还是什么人似的。祖父为什么想现在见她呢？

"我跟她约好了。"

"是吗，约好什么了？"

"要给她讲我跟你祖母的事。"

"奶奶？"

"对，讲我们俩是怎么走到一起的。"

他们是什么时候定下这种约定的呢？我完全不知道。她确实常常听祖父讲起从前的事，但对祖父而言，有关祖母的话题应该是禁忌，就连我们这些家里人都不曾问过。搬到现在居住的镇子之前的祖父，对我们来说几乎是个谜。

"为什么会有那种约定？您明明跟我们都不说的。"

"因为你们没问啊。"

"那是……"

那是因为父亲说不能问的，他说对祖父而言，那些都是痛苦的回忆，所以不要提起比较好。我怎么感觉像被骗了似的。

"怎么样？"祖父开口问道，"她能来吗？"

"但是……"我犹豫了。

说实话，我不敢跟她联系。虽然我希望修复我们之间的关系，但要怎么说才能得到她的原谅，我完全没有头绪。

我犯的错太荒唐。神圣的初吻，被我用满是酒臭味的气息和廉价的自我怜悯亵渎了。如果可以，我真希望让时间回到过去重新来过，然而现实世界不会像科幻小说里那样发展。时间只会不回头地向着未来推进。

"我估计肯定来不了，因为她真的特别忙。"

"你不问怎么知道。"

"也许，她还睡着。"

"这个点儿？现在都下午了。"

"她有时候会工作到早晨啊。"

"你不想叫她来？"

"没那回事……"

"拜托了。"祖父故意发出可怜的声调，"说不定，这可能是最后的机会。我大脑里要是有什么伤……"

"知道啦，"我说，"我问问看。"

我拗不过祖父，他赢了。

* * *

从病房出来，我走进类似谈话室的地方，那里有部公用电话。我按下背熟的她的号码，心脏开始怦怦跳。不安的心情与原因不明的异常高涨的情绪，同时向我袭来。

呼叫音响过三声,她接了电话。

"喂?"

"喂,是我。"

"大泽?"

"嗯……"

"什么事?"

"什么事"之前,有个短暂的停顿。这是不好的预兆,她还在生气。

"那个……"我说,"上次的事,对不起。"

"总算说了。"

"嗯?"

"等了这么久,你总算跟我道歉了。"

"因为是野川你——"

"对啊,抱歉,我忘了大泽你是个死心眼了,当时说别联系的人是我,对吧。"

"不不,虽然确实是……"

"然后呢?"她问,"什么事?"

"那个……"

"嗯。"

"啊,对了。我又开始练习《寂静之声》了,我想着这次一定要学会第二首曲子。"

"是吗,"她冷淡地说,"加油吧。"

"啊,嗯……"

我打算翻出幸福时期的回忆帮帮忙,可惜彻底失败了。

"对了,还有摩托车驾驶执照我也考下来了,毕业考试一次就过。我还买了摩托车,是排量200毫升的越野摩托。"

"那终于要开始了。"

"嗯?"

"你会去冒险吧?撒哈拉沙漠?或者是亚马孙热带雨林?"

"不,那个还……"

"我会遥祝你梦想成真的。"

"那就这样。"她说着便准备挂电话,我这才急急忙忙地说了要紧的事。祖父在旅途中摔倒住院,他变得特别怯弱,想见野川,还有他们之前约定好的事。

"爷爷他?"

她的声音起了变化。

"嗯,他好像变得特别任性。你不方便的话,就不用来了。"

"没事,没关系的,我现在就去。"

"真的吗?"

"嗯。在哪儿?告诉我地址。"

* * *

大约两个小时之后,她真的来了。

走进病房时,她的目光跟我的碰到一处,又向我轻轻一点头。那是代表"暂时休战"的点头方式。

"爷爷,"她唤了一声,跑去祖父的枕边,"您还好吗?"

"嗯,你来啦,谢谢……"

她坐到椅子上,将手轻轻碰上祖父交叉放在胸前的手。

"哪里还疼吗?"

"还好。不过,不知道之后会怎么样,今晚好像是个难关哪。"

骗人。医生从没说过那种话,只是说为保险起见,留院观察。

她非常担心地看向我。"有那么糟糕吗?"她用眼神询问我。"完全没有,没那回事。"我以摇头回应她。

"今天可能是最后的机会了,所以我才硬要让你来。无论如何,我都想完成跟你的约定……"

"嗯,是这样啊。您要跟我讲吗?爷爷和奶奶的故事,她是个特别好的人,对吧?爷爷和她,我记得应该是你们小时候就认识了吧?"

"啊,是啊。"祖父说,"这是个漫长的故事,是一个不可靠的少年,和一位仿佛总在做着美梦、扬着笑脸的少女的小小的爱情故事——"

* * *

"故乡就是真利子，那些日子就是我的全部——"

当祖父像沉浸在梦中似的开始讲述时，窗外的日光已经渐渐西沉。

我把在自动贩卖机买的牛奶咖啡递给她。"谢谢。"她对我说。仿佛单这一句话，就快要让我落泪。身穿一条藏蓝色连衣裙的她，看起来很美。见不到她的日子里，我就像一条缺氧的鲤鱼，溺亡在空气之中。对我而言，没她不行。

坐到她身旁，我拉开了姜味汽水易拉罐的拉环。昏暗的病房里，碳酸饮料开瓶后的声音有节制地响起。

"那个镇子并不是我出生的地方。"祖父说，"我的家在更西边，在那儿遭遇空袭后，我失去了父亲、哥哥，还有妹妹。妹妹当时才四岁。大约一个月后，战争就结束了。母亲抱着还是小学生的我，回到那个镇子去投靠她的弟弟，毕竟那里也是母亲的老家。"

这些事，我还是第一次听说。虽然知道祖父在战争中失去了家人，但关于那个时候的事，他一概不会对我们讲。因此，我知道那肯定是段痛苦的经历，但也总觉得那像是别人家的事，跟自己多少有些距离感。

但是，现在不同了。它是跟我有着相同血缘的人们的故事，也是属于我这个人的前史，是我们家族的小小传奇。因为他们曾拼尽全力地活过，才会有现在的我存在。

她全神贯注地听着祖父的故事。她是个优秀的倾听者，这或许是与生俱来的才能吧。她就像一块柔软的海绵，只要轻轻触碰了祖父的手，遥远过往的回忆就被她毫不费力地吸了出来。

"我的舅舅是个木匠。他会制作小型家具和门窗之类的东西，还有修理的活儿，什么木工活他都会做。不过，因为生在那个时代，他的生活过得很苦。舅舅没有家室，但有时候连挣出他一个人的伙食费都很不容易。所以，我的母亲回到老家后就马上出去工作了，她去金属工厂做了女工。我们借住在舅舅家储物用的小屋，主屋也不过是只有两间房的很小的房子，所以能住进那间小屋已经很好了。为了腾空小屋，舅舅把原本随意堆放在那儿的木材都搬进了主屋，他连睡觉都很不方便，却从无怨言。他是个极其寡言的人，没人知道他在想些什么，但舅舅他并不是个坏人——"

祖父说着说着，似乎也不断回想起更多往事。

追忆——祖父的心变成灰绿色的洄游鱼，开始在时间的长河里逆流而上。

向着过去，向着过去，向着过去的方向……

祖父的回忆

那时我才刚刚十一岁,想要理解大人们的心情,还太过年幼。我知道自己并没有确切地估量出母亲心里的苦有多深。母亲很坚强,为了把我养育成人,她已经非常拼命了吧。她一定吃了许多苦,但从不抱怨,只是默默地工作着。

只是有时候,我在夜里忽然醒来时,会听到母亲在压低声音哭泣。我曾想过对她说些什么,但我是个很笨的小孩,特别不擅长安慰人。于是,我只能让身体保持一动不动的状态,听着母亲啜泣的声音。

她常在雨夜里哭,也许是想借着雨声,悄悄发泄忧愁。总之,我只记得自己当时的心情格外寂寞而悲伤。

人们一旦彼此憎恨,之后就定会经历这样的夜晚。不只是我们,我想,在这颗星球的任何角落,一定有许多母亲会在黑夜中借着雨声,将心中的痛苦、悲伤,以及无论如何都无法排遣的思绪，悄悄地倾吐而出吧。

母亲就这样努力着，但是当时正处于发育期的我，还是会常常饿肚子。就在那时，我偶然得知附近有一个绘画教室，一位相当有名的油画老师，在免费教孩子们画画。

后来我才知道，那位老师在战时曾当过随军画家。为了鼓舞士气，他要绘制出勇猛军队的画作，并展示给士兵们欣赏。老师是个心地善良的人，那段经历似乎让他于心不安，也就是大家常说的心结吧。在那个年代，有许多事都是不随己意，不得不做的。

虽说并不是为了赎罪，但老师会免费教授画画，还会给去他那里上课的孩子们准备点心。因此教室里总是有很多人。大家都吃不饱饭。

老师的妻子也是个和善的人，她会像对待自己的儿子女儿一般疼爱学生们（他们两人没有孩子）。

那里也有原本就对绘画完全没兴趣，让人束手无策的淘气鬼。即便是这样的孩子，老师也不会拒收。不过，大概是绘画教室待得太不舒服，不知不觉他们也就不再去了。

其实，我跟那些淘气的家伙也没什么不同。虽说我并不讨厌画画，但是我这人笨得连自己都惊讶，无论如何都无法把脑子里想的线条呈现到纸上。即使我想画一条笔直的线，画出来却是歪歪扭扭，会在意想不到的地方画偏或手抖。因为握笔太用力，我还经常会把草纸戳个洞，铅笔也是一用就断。而且我还有咬铅笔的坏毛病，怎么也改不掉。铅笔由绘画教室提供及保管，但只有我的成了个人专用。一看牙印就知道哪支是我的，我用犬齿在铅笔上咬下的痕迹，就像麻子脸似的。

总之，我不是个适合画画的人。因为想吃点心，我还是忍耐着继续去上课。

老师会招待我们吃长崎蛋糕、月饼之类，那些在当时是完全算得上奢侈品的点心。这简直像梦一样。老师的家是一幢很大的洋房，家里还摆着三角钢琴。庭院里有草坪，那里长满了野蔷薇，仿佛是到了外国一般。就是在那样的地方，常有像我这种穿着满是补丁的衣服，留着光头的小孩出入，那真是不可思议的情景。

就是在那里，我遇到了真利子。没错，就是你的祖母。

* * *

那时候，她特别瘦，比我小七个月。在空袭中，她失去了所有家人，之后来到了这个镇子。原本，她生活在比我们家更往西的镇子上，后来被她父亲的妹妹收养，但似乎生活得并不幸福。那个家里有两个孩子，比我们家的竞争要残酷得多。家里经营着旧货店，但跟我们家状况差不多，日子过得并不宽裕。家中有三个孩子，想必生活相当不易。

但是，真利子是个很开朗的女孩。她脸上总是漾着笑容，心胸开阔得让人觉得她是不是有点儿傻。她温柔、大方（她曾因为有个比她小的孩子一直央求，就把包子分了一半给对方），话虽不多，却有一种让身边的人心情平静下来的不可思议的力量。

而且，真利子的画画水平好得惊人，她当时的画作就让大人都自叹不如呢。她虽是个左撇子，但当她聚精会神地把脸靠近纸面时，就会以密密麻麻的纤细的线条开始作画。她很喜欢描绘城镇的风景，那应该是叫上帝视角吧，她一次又一次地反复描绘着从高空俯瞰城镇的光景。

无论哪个城镇，看起来都大同小异。中间是车站，车站的东西方向是路轨，南北方向则延伸出大街。完全对称的构图，看起来有些像曼荼罗。瓦片屋顶的人家无限绵延，围棋盘似的小巷里，能看到在那里生活的住民。

跟客人闲聊的蔬果店老板、背着小婴儿的母亲、在玩捉迷藏的孩子们，每个人脸上都洋溢着幸福的笑容。那就是真利子所期望的吧，一个与悲伤无缘的世界，一个十岁少女自心灵深处向往的地方。那幅画或许就像是她的祈祷。

真正因为喜欢画画而去那个教室上课的孩子，包括真利子在内，大概只有寥寥数人。老师也很照顾真利子。

有一次，在绘画教室上完课，老师给我们准备了橘子罐头，那可算是极好的款待了。

大家顾不上喘气似的狼吞虎咽地吃着,眨眼的工夫,小碗就空了。他们立马盯上了真利子的橘子。

她正不紧不慢地边品边吃,因此小碗里还留着好多瓣橘子。一被央求,真利子便毫不犹豫地把自己的橘子给了他们。然后,她在没让任何人注意的情况下,悄悄地叹了口气。

我站起身,走到她身边,向她搭了话:"喂。"

"什么事?"

"这个,给你吧。"

说着,我将装有两瓣橘子的小碗递了出去。

"可是,小宽你呢?"

"我肚子饱着呢,在家吃过饭了。"

"真的吗?"

"嗯,所以趁他们没注意,快吃吧。"

她的表情忽然明快起来。

"谢谢!好高兴啊,我还是第一次吃这么好吃的东西。"

"嗯,那就快点儿吃吧。"

"嗯,谢谢你!"

就是自那之后吧,我们两个很快亲近起来。

我们俩待在一起的时间,自然而然地变多了。我们都是从别的地方来的外乡人,而且都失去了家人,都对未来很迷茫。

她叫我小宽,我叫她小真利。这个童年时开始的习惯,结果一直持续到了最后。我们都是很不擅长打破习惯的人。不习惯的事,不去做比较好,反正肯定也做不好。"宽太先生""真利子女士"这样的称呼实在太让人害羞,绝对叫不出口。

"小宽""小真利""小宽""小真利"。

这样呼唤彼此的日子,感觉就像昨天一样。我实在不敢相信,那些时光已经再也回不去了啊——

* * *

对于我们两个人来说,学校并不是个待得舒心的地方。所谓的外乡人,就是无论何时都会被疏远。这也是猴子的本能吧,人们称为排他主义。

跟自己生活在不同地方的人,跟自己长相不同的人,跟自己用不同的语言语调对话的人,跟自己大体相似但思考方法不同的人,这一切都让人不喜欢。

因此,我们在学校只会努力表现得老实且不惹眼,也隐瞒了我们俩是朋友的事。

我们经常去附近的农场玩儿,那里占地特别大,里边有一片很大的森林,还有小河流过。农场里设的栅栏只是摆个样子,进去非常容易。

曾经有一个小女孩在森林里失踪，三天后又走出来的传闻，大家都说那是遇上了神隐①。

总之，那里就是一个如此神秘的地方。即使在白天，森林中的光线也很昏暗，有点儿阴森森的感觉。农场里有猪圈，偶尔会传出女人尖叫般的鸣叫声，还有很多野狗，并不是个让人待着舒服的地方。

正因如此，我们俩选择了那里。在那里，我们可以不顾虑任何人地待在一起。那里就像世界的尽头，待在那里我们常会想，是不是世界上只剩下我们两个人，其他人已经全都消失了呢。即使真的如此也没关系，当时的我这样想过。

走在森林里时，真利子经常会拾些大树的果实和鸟的羽毛，然后把它们装进自己吊带连衣裙的口袋里带回家。刮过大风后的日子，她的口袋就会被塞得鼓鼓囊囊，快要撑破似的。

橡子、松塔，杉树和扁柏的球果，胡桃楸和枫树的果实，攒下好多后，她就用袋子装着带去绘画教室。孩子们见了这些会特别高兴，用它们来做陀螺，或当玩偶的眼睛，还有人会把它们吃掉。

---

① 即被神怪隐藏起来，多半发生在儿童身上。当孩子无端失踪又被发现时，会被认为是被天狗、隐神等超自然力量隐藏起来了。

胡桃楸果实的外壳坚硬,要取出里边的果仁相当费工夫,但是味道特别好。通常年长的男性才能把壳儿弄破,真利子则满脸快活地从旁看着。有时,会有孩子实在着急想吃上果仁,便自己去咬果壳,结果把门牙咬豁了口。

鸟的羽毛全部属于真利子。常见的是乌鸦的黑色羽毛,还有家鸽和斑鸠的灰色羽毛、白头翁的茶色羽毛,黄莺和绣眼鸟的羽毛则很稀有。

真利子把那些羽毛粘在用数张报纸重叠后制成的底板上,造出一双大大的翅膀。那翅膀漂亮极了,整体呈水滴形,为了实现中央隆起的效果,还做出了微妙的弧线。

这是仅属于我们两个人的秘密。在家也没有让任何人看到过,真利子曾这样说。她用包袱皮把翅膀包好,带到森林里,将翅膀装到双臂上来回拍动着,就好像真的成了一位天使。

翅膀的颜色非常奇妙。所有鸟儿的羽毛,好似拼布工艺品似的拼凑在那双翅膀上。乍一看也很像开始脱毛的雏鸟,那正是幼年期即将结束的标志。

那样的时期,同时也在向我们迫近。

* * *

天真无邪的时光持续得并不长。

我们两个开始走上不同的路,一边通往男性,另一边通往女性。尽管我并不想成为大人,但时间它不允许。身体上意想不到的地方开始长毛,高亢的声音开始发哑,我觉得害羞得不得了,却无法对任何人说。不必在意自己身体的时代,一去不复返。

比我小七个月的真利子依旧是个单纯的孩子,或者应该说,所谓的单纯恰是真利子的天性,一生都不曾改变。

真利子向我展示了她的秘密。

在森林的最深处,有一棵高大的桂树,裸露的树根就像流淌而出的熔岩一般,将周围的地面完全覆盖。树根上生出了苔藓,我们就常常坐在那里聊天。

"哪,小宽。"她说。

"嗯,怎么了?"我回答。那是我刚满十二岁的时候。

"我要给小宽看我的秘密。"

"秘密?"

"嗯。"

说着她将背转向我,脱下吊带连衣裙的肩带,开始解衬衣的扣子。这让我慌了手脚。刚刚进入性认知混乱期的我,理所当然地开始了与性有关的想象。我不停地咽着口水。

但是不必说,那只是我轻率的误解。

她露出自己的右肩,对我说:"你看。"只见那里有一块无花果叶似的很大的烧伤痕迹。

"空袭时留下的。"她说。

"疼吗?"我问。

"不疼。"她摇摇头。头发梳成的辫子在她肩上跳动。

"我能摸摸吗?"我问。

真利子回答:"可以。"

我用食指一碰,那肌肤光滑得就像珐琅。

"好痒。"说着她便缩紧了脖子。

秘密还不止于此。她把右脚上的袜子脱掉,那里没有小脚趾。真利子说那也是空袭时没有的。伤疤处很光滑,看起来好像起初就没有脚趾一样。我轻轻地碰了碰,不知为何心情也随之变得平静。

"我舅舅的右手没有食指,听说是用锯子割掉的。"我说。

"真的吗?"

"嗯,还说军队因为这个就没有收他。"

舅舅热爱的是制造东西,而不是去破坏东西。将被损坏的器物修好,恢复其机能才是舅舅的工作。

舅舅不想去充当武器的爪牙,因此,他将自己手上完美契合的部件取了下来。这是他对为了看到相互争斗而制造出人类的神明的报复。舅舅的愿望就是要成为无限接近于无害的人类。

"我的身体里有很多特别小特别小的炸弹碎片。"真利子说,"都已经取不出来了。"

真利子的话在我听来,残酷无比。憎恨就像诅咒,我在心底这么想。人一旦想要去伤害谁,那种念头就会像蛇的亡灵一般,依附到对方身上,然后绝不离开。所谓炸弹,就是由憎恨幻化而成的肉眼可见的有形事物。遥远国度里的某个人心生憎意,他的念头便乘上飞机,越过汪洋,依附到了一位素未谋面的少女身上。

盘踞在真利子身体深处的小小碎片,是永远无法被解除的诅咒。

而后,它也同样依附进了我的心里——

我与祖父的旅行

祖父又被带去别的房间,做另一项血液检查。似乎是要趁这次机会,查查身体是否有其他问题。虽然看着可怜,但也没办法,我们默默地目送祖父离开。他的脸上满是不安。

祖父一走,气氛忽然尴尬起来。

我装作收拾祖父行李的样子,想从这种氛围中逃离。我把放在大塑料袋里的祖父的衣服全部取出来,一件一件地仔细叠好。

"哎呀。"她说。

"嗯?"

"明信片掉了。"

"有吗?"

"嗯,你看。"

"谢谢。"

我接过来,漫不经心地看起上面的文字。

谨启者：

　　宽太，这大概是我最后一次跟你联络了。这大概就是人们常说的当医生的人反而不注意健康，我剩下的日子不多了。我有些无论如何都想当面对你说的话。原本应该是我去找你，但还请谅解我现在的状况。看在过去友情的分上，请听听我这个可怜男人的最后恳求吧。我现在就在那幢充满回忆的洋房里，我在这里等你。

　　草率书此，祈恕不恭。

　　　　　　　　　　　　　　　　　　　　　　　槻川启司

"这个是……"

"什么？"她问。

"你看。"

我把明信片一递过去，她便用手挡住长发，浏览起上面的字。她的小动作看起来相当知性，就像在扮演女编辑的女演员似的。

　　"好像是有什么秘密。"她读完后，抬起头对我说，"这应该也是这趟旅行的原因之一吧？"

　　"爷爷年轻时的事，我什么都不知道。"

　　"是吗？"

"嗯。"

"这里写的'洋房',"她说,"是不是就是那个绘画教室?"

"大概是吧,他可能是祖父当时的朋友。"

"这样的话,他应该也认识你的祖母吧?"

"嗯,有可能。"

"'可怜男人'是什么意思呢?"她问。

"可能,"我想了想接着说,"是因为生病了吧?肯定很痛苦。"

"是吗?"

"不对吗?"

"不知道,"她说,"我总觉得还有别的原因。"

我们之间的对话特别自然。照这样下去,感觉能顺利进展。

我再次去翻看塑料袋时,从里面发现了一台便携式录音机。那是相当有年头的物件了,金属扣似乎已经坏掉,磁带盖子用橡皮筋固定着。我戴上耳机,按动了开关。

"是什么歌?"她问道。

我摘下一边的耳机递给她。

"好像是钢琴曲。"

她也将耳机塞进耳朵,听了起来。

"啊，"她出了声，"这是《夜曲》，肖邦的。"

"啊，是吗……"

"爷爷的品味可真不错。"

"这大概是他晚上睡觉时用的，为了自我催眠，他之前说过。"

"什么意思？"

"他睡觉时必须听这首曲子。这样，大脑就会认为'啊，现在到睡觉时间了'。条件反射？对了，商店一开始播放《萤之光》①，咱们就会想着该回家了，对吧？就是这个道理。"

她很开心地笑了起来。

"你们真的是太与众不同啦。不管什么事，总是跟别人有点儿不一样。"

"你们？"

"是啊，你和爷爷。"

"我跟爷爷不一样啊。"

"咦，是吗？"

"不过，有一些地方是一样……"

"才不止一些呢。"

---

① 即《友谊地久天长》的日文版。在日本学校的毕业典礼、宴会等场合上经常演唱。从第四届开始，每年12月31日播出的NHK红白歌会的结束曲就是《萤之光》。

"那我是不是有一天也会变成那样呢？"

"不挺好吗？很有魅力呀。"

"哇啊……"我说，"那我可等不及要变老了。"

她笑出了声。

我觉得现在的气氛真的很好，就像是回到了"亵渎之吻"之前的我们。于是，得意忘形的我开了口。

"咱们俩，感觉挺不错吧？"

"什么意思？"

"就像一对般配的情侣吧。"

"你怎么了？"她说，"你是不是骑摩托车摔倒撞了头，彻底失忆了？"

"啊？"

"般配的情侣可不会那样接吻。"

"啊，是，也是啊……"

至此，我再无话可说。

直到祖父回到病房为止，我们俩再没说话，只是一直听着肖邦的《夜曲》。悲伤的旋律，刺痛了我的心。

* * *

祖父结束检查回到病床上后，他背靠着枕头，长久地呆呆望向窗外。

"下雨了……"祖父喃喃说道。

仔细一看,暮色之中确实飘起了如雾般的细雨。

"说起来,我还没讲下雨天的事呢。"祖父说。

"是的。"她应声道,"您还没说。"

"嗯。"祖父点点头,"我现在就讲给你听吧。"

祖父的回忆

下雨的日子，我通常会待在家，特别是母亲外出工作，不在家的时候。母亲不喜欢我跟女孩在一起玩那些女孩子玩的游戏。因为我没有一点儿男子汉的样子，母亲大概是为此担忧吧。

我是个像女孩的少年，既不想跟男孩玩，也丝毫不打算在言行举止上表现得像个男子汉。"真正的男人""男人中的男人"之类的，我是无论如何都做不来的。与其成为那样的人，被叫作"笨蛋""胆小鬼"要好得多。

打仗游戏什么的，实在叫人毛骨悚然。那肯定是为了成为独当一面的战士而进行的训练，是出自雄性本能的命令。而我本能追求的是其他东西。

真利子和我都喜欢美的事物。

玻璃球、弹珠、云母的碎片、黑曜石，还有千代纸[1]。

在天神[2]大人的缘日[3]当天开设的集市上，售卖串珠、发饰的小摊贩，偶尔会在自己的摊位上摆出不知从哪里采购来的千代纸。

那些图案实在太美了，寻常粗点心店里卖的千代纸跟它完全不能比，就连染料的香气都不一样。

我们被它彻底迷住了，那些千代纸里藏着不同寻常的东西。那些图案中的色彩、对称、循环、结晶般的几何学——宛如描绘在平面上的神殿。千代——永远，不觉得这名字实在太适合它了吗？

我们攥着仅有的一点点零花钱，出门到集市上去，在那里能待上足足半天。好一番犹豫之后，通常只能买下几张小尺寸的千代纸。

听着雨滴敲打屋顶的声音，我们俩把自己的宝物拿出来相互欣赏。若是看到对方的宝物里有自己想要的东西，就用自己的去交换——一张千代纸、三颗弹珠之类的。我和真利子都有一个用

---

[1] 起源于京都，以木版彩印各种图案的和纸。用途多样，可做室内装饰、礼品包装、收集赏玩用。
[2] 菅原道真的神号。菅原道真是日本平安时代中期的公卿、学者，被日本人尊为"学问之神"。
[3] 即庙会日、香市日，是与特定的神佛有缘的日子。据说在当天进行参拜，会有特别的功德，这一天还多会开设集市。

大张千代纸折叠而成的钱夹。每到这时候，我们就模仿购物时支付纸币和硬币的样子，从钱夹里取出要交换的东西。

我也知道，自己玩的游戏有些幼稚。我们俩都是慢慢长大的类型（因为太慢，真利子最终也没能长成真正的大人）。

我觉得，热爱美好事物的心，没有大人和孩子之分。我们爱着那些被镶嵌在千代纸上的色彩，爱它的对称性和被描绘在其中的永远，也爱它染料的香气，平滑的手感，以及自钱夹深处传出的好似风中树叶婆娑声的千代纸伙伴之间的喃喃细语。

直到今天，这种爱也不曾改变。

* * *

母亲在家的下雨天里，我跟真利子常会躲到主屋去。

屋子里尽是木材，几乎不剩什么空地方，但两个孩子还勉强藏得下。这种时候，我们俩会特别老实，真的会一动也不动地盯着舅舅干活。

自舅舅手中能诞生出一件又一件东西，茶器柜、抽屉箱、橱柜、矮脚饭桌，孩子用的小椅子、木马、积木和拼图玩具，甚至还有像精巧费工的箱根工艺品[①]似的木器。舅舅什么都会做，我们

[①] 指寄木细工，日本箱根地区特产的一种传统工艺品，主要特色是运用天然色泽各不相同的木材，拼接出各种几何图案，至今已有二百多年历史。

就像在观看魔法一样。

舅舅丝毫不介意自己的惯用手没有了食指,他灵巧地用锯子、凿子和刨子,接连不断地给那些没有灵魂的碎木片注入新的生命。

熟练工匠的流畅动作本身,自成一种身体艺术。舅舅的动作就给人那种感觉,那是优雅的节奏与绵延起伏的旋律。

嚓、嚓、嚓、叮叮咚、叮叮咚。

嚓、嚓、嚓、叮叮咚、叮叮咚——

一直看着,就会像被施了催眠术一样,陷入出神状态。而且屋顶上会不停地传来雨滴声。我喜欢下雨天,总感觉自己在被雨保护着。

那或许是一种胎内回归。在羊水的海洋里,我和真利子像一对双胞胎,重复着倦怠的胎动。这是何等幸福的时间啊,让人无法想象会有结束的一天。

此刻,正待在母亲肚子里的小婴儿们,一定也有相同的想法。那些幸福的日子才是人生的一切,未来竟有这般残酷无情的世界在等待着自己,这才真的是做梦也想不到的吧。如果知道未来如此,大家就都不想出来了吧。

再见了,大人们。直到世界变得更和平温柔的那一天,我们再见吧。

*　*　*

某一天——

真利子无意间拿在手中的剪纸引起了舅舅的注意。

"那是什么？"舅舅问道。

"是小鸟哦。"真利子回答。

那是用红色格子图案的纸制成的，大概是斑鸠形状的小剪纸。

真利子很喜欢小鸟，或许她是想变成鸟，那双翅膀就是她心思的一种表现吧。

"让我看看。"舅舅说着，把她的剪纸拿到手里。仔细看过后，他说，"做得真不错。"

"那，您不想给它注入生命吗？"真利子问。

"生命？"

"嗯，生命。"真利子点点头。

那之后，真利子便开始了跟舅舅的合作。

真利子用千代纸制作出小鸟剪纸，共四十八枚，需要沿时间轴，将小鸟挥动翅膀的动作一点儿一点儿描绘出来。这是非常需要耐心的工作，四十八枚小鸟连接起来，又成了一只鸟的样子。那里藏着被剪下来的永远。

舅舅则用剪裁成圆形的木板，做出一个转盘似的东西。然后沿着转盘外侧的边缘，围上一圈围墙似的薄板，又在上面开了竖长形的小窗口，窗子的数量也是一共四十八个。

舅舅将真利子做好的剪纸，贴在木纸似的被削得很薄的木板上，又把它围成比开了小窗口的外墙要小一些的圆环，之后将其安置到了转盘的中央。

转盘下边装了一只小小的摇柄，用手一转，转盘就会开始转动。

完成之后，舅舅让真利子坐到装置的前面。

"你转动摇柄看看。"舅舅说，"要从窗口往里看。"

真利子按照舅舅说的去操作，转盘开始转动后，她轻轻地把脸靠近那些接连在眼前转过的小窗口。就在这时，真利子发出尖叫般的高声。

"动起来了！"

她转过头，看着我们的脸，小声地喊道："小鸟在挥动翅膀！"

真利子又把目光移回窗口，然后继续看了许久。

"我的小鸟。"她说，"像活了一样……"

"嗯。"舅舅颇为满意地应道，"这个机器叫作'生命之轮'，是能给普通的剪纸注入生命的神秘装置。"

我跟她换了位置，也开始窥探那座"生命之轮"。

小鸟——红色格子图案的小斑鸠，正在优雅地挥动翅膀，就像真的被赋予了生命一样。

我感受到一种震惊与感动，就好像亲自见证了诸如死而复生、石中生水那样超脱常理、不可思议的奇迹。我兴奋得全身发抖，泪水浸湿了脸颊。这种体验并不常有，说不定，这正是所谓的"宗教体验"。

也许，这就是窥视到生命秘密的一部分时的心情吧。生命的本质是什么？所谓活着，是怎么一回事？

从那些一帧一帧无心转动的剪纸之中，我感受到了超越其原本意义的东西。

我一直就有一种感受，过度的不安与过度的感动总是相伴而来。两者之间的摆针持续剧烈地摆动，不知停歇。

我感觉自己触碰到了上帝备忘录的皮质封面。虽然我还是个尚未长大的孩子——不，也许正因如此，我以自己纯粹的心，感知到了隐藏在世界背后的巨大秘密。

直到后来，我才知道舅舅制作出的东西叫作"西洋景"，在希腊语中有"生命"与"旋转"的含义。

舅舅在木工工作之余，也对这些事物感兴趣，做了许多调查学习。虽然最后完成的作品只有那一个，但他似乎曾考虑过，什么时候要制造出更大型的西洋景。在舅舅去世后，我看到过那样的图纸。

生命之轮——舅舅是从无中创造并养育了生命的人。尽管舅舅终生未娶,没有自己的孩子,但是自他手中诞生的生命,存在于各个角落。它们将那些易碎之物放入怀中守护,支撑着一个家的团圆时光,还赐予孩子们梦想。

舅舅的一生过得绝不失败,他失去的食指就是胜过一切的证明。

* * *

升入中学之后,我们依旧会去绘画教室上课。

真利子是为了画画,而我是为了真利子。

在学校,我们几乎不与对方说话。晴天时的农场玩耍,雨天时的双人游戏,到这一阶段也发生了很大改变。变化并不是从某一个时间点开始的,等到有所察觉时,它已不知不觉产生了。

所谓的周遭的目光,确实存在。是因为我们在意那些吗?又或者是被家人说过什么责备的话?

我现在已经记不清了。只是,我想一定是经历过一些让人不舒服的感受。我当时很快就忘了那些事。

那些当我们还是孩子时仍被允许的事,一旦到了某个年龄,就会突然变成禁忌,变得不再纯真。

不能再做出猴子似的举动,也就是说嗅气味、梳理毛发之类的行为都成了绝对禁止。没办法,我们只能默默地服从。

天真无邪的时光终于结束。我自己也开始发生变化,女孩子似的容貌风采,渐渐变作它物。

人可真是一种奇妙的生物。每天早晨照镜子时,那里就会出现一个我不认识的人。他一动不动地看向我这边。我说一声"呀",他也会说声"呀"。但是他的声音,我并不熟悉。

真是受不了。也许,我是无法接受自己的变化,我心里这么想。然后事实就真的变成如此,直到现在,我也无法很好地适应自己这个生物。每当我打算想点办法跟自己和解时,我就又变成了自己不认识的样子。如此反反复复。

总之,出于这一原因,我和真利子能够自由交谈的地方,就只剩那间绘画教室了。即便如此,其中也掺进了一些生硬。不管做什么事,只要跟她一起,我就总觉得害羞。脸会忽然变得火热,心里也会特别慌张。

快饶了我吧,我心想。真不知道这种情况会持续到什么时候。

结果,直到真利子离开人世,这种感觉都一直持续着。

啊,原来我是恋爱了。

* * *

那个时候,在绘画教室上完课,我们经常会玩捉迷藏。年龄大的孩子会轮流当抓人者，包括我和真利子，还有小启、江美子，总共四人，我们都在同一所中学。其他同学到我们这么大时，都已经不来上绘画课了。为了一个月饼，要在桌子前画上一两个小时，这种事儿他们坚持不下来。

有一次，是江美子负责抓人，我躲进了教室旁边的备品室。那个房间的百叶窗常年紧闭，白天也很昏暗，再加上摆放着大卫、维纳斯等石膏像，气氛相当瘆人。因此，年龄小的孩子们肯定不会靠近，是个绝佳的躲藏地点。

我注意到房间角落有把椅子，椅子上蒙了一块很大的白布。我决定藏在那里边。我轻轻掀起白布，钻进去坐到椅子上，跟椅子化为一体。虽然白布会鼓得有些不自然，但在如此昏暗的光线下，大概不会被发现吧。

我一动不动地待了片刻之后，感觉有人走进了房间。凭着那哼唱的声音，我立马知道来的人就是真利子。

"小真利。"我小声地唤她。

"谁？"她开口。

"这里，这里。是我呀。"

说着，我抬起一只手招呼她。

"椅子幽灵先生？"她问。

"不是啦，我是宽太。"

"小宽？"

"嗯。"

她走到我身边,掀起白布一角,朝里窥探。

"真的啊,是小宽。"

"一起藏在这儿吧?"

"嗯,好的。"她说着,很开心地笑了起来。

她钻进白布后,面向我站立着。白布下面暗到我们都看不清彼此的眼睛和鼻子。

"咱们变成幽灵啦。"她说,然后小声地笑着。

"不藏好了会被发现哦。"

"不会的。"真利子说。她的气息正吹到我鼻子上,感觉痒痒的。

她用手摸索着,碰到了我的眼睛和鼻子。

"这是眼睛吧,这里是鼻子。"

"大鼻子,"说着,她扑哧一笑。

"再下边是嘴……"

真利子小小的手指,触碰到了我的嘴唇。

"好柔软呀。"她说。

就在这时候,真利子冷不防地弯下腰,将她的唇压上了我的唇。

那一瞬,我并不知道自己触碰到了什么,冰凉的,又格外柔软。直到几秒钟之后,我才意识到那是真利子的嘴唇。是她慌乱的鼻息触到了我的脸颊，我才反应过来。

她将脸远离我，用很开心的声音对我说："吓着了？"

"嗯，吓着了。"

嘿嘿，真利子笑了。她完全是个孩子，只是为了吓我而亲了我。她是想用让我意外的东西碰我的嘴唇来吓我一跳，如果她手里抓着一只青蛙，或许就会把青蛙按到我的嘴上。真利子就是这样的天真无邪。

"猜不出来吧？"

"嗯，猜不出来。"

"那，猜猜这次是什么？"说着，她又把自己的脸靠向我的脸。就在这时，罩着我们俩的白布一下子被掀了起来。

"找到啦！"江美子说。

真利子正弯着腰，双手搭在我的肩膀上，她张着小小的嘴巴，露出粉色的舌头。她是打算把它压到我的嘴唇上吧。

"你们在接吻啊？"江美子问道。

"才没有呢。"真利子说。她确实没说谎。

江美子什么都没再说，默默地走出了备品室。她没有把这件事告诉任何人。

虽然，当时的江美子已经因为一些不良行为，名声开始下降，但她绝不是个不诚实的人。倒不如说，我觉得她比大多数人都更值得信赖。因此，在很久之后，我向她提出了一个非常重要的请求。

* * *

那个吻，如同身处青春期的我们俩的分水岭，将我们之间的距离越拉越远。

理由在我自己。

我是个会过度害怕的人，又过度地爱操心。随着年岁增长，这种个性也日渐严重。

人们常说，不必在意儿童时期害怕的事物。问题出在人生经验不足和过于旺盛的想象力，随着自身的成长，那些恐惧都会被解决。

然而，我的人生经验越是丰富，对世界的模样了解得越多，就变得越发胆怯和警戒。我总是会充分发挥想象力，设想到最坏的情形，又做出相应防备。

我就像是降生在这个好战世界上的其他星球的人类。一定是出现了什么意料之外的差错。对于要生活在此的我这样的人而言，这颗星球太过粗暴无情。

人们彼此憎恨，彼此剥夺生命，但我要强调的是，我一定是正义的一方。规模庞大的战争刚刚结束，世界却又开始连续出现动荡，为下一场战争的爆发找寻着理由。这是本能，我想。除此之外，再没有别的原因能为如此残酷、愚蠢的行为做注脚。原始的阴暗本能变换着名字，至今仍在荒野中肆意横行。

我惧怕得无以复加，每晚直到深夜也总是睡不着，即便睡着也一定会做恐怖的梦。那是世界在燃烧的梦，火雨从天而降，人们四处逃散，却找不到一处安全之地。只有恶意遍野。

那时我还会尿床，住在那么狭窄的小屋里，这件事没办法向母亲隐瞒。母亲并不训斥我，只是一言不发地收拾干净。这让我又陷入了更加悲惨的情绪之中。

因为这种状态，我的学校生活也过得不顺心。学习不好，又被同学们疏远轻视，有时还会被欺负。

给予这样的我以保护的正是绘画教室的伙伴们。特别是小启和江美子，因为初二、初三时我们同班，他们真的帮了我很多。

担任级长[①]的小启，影响力非常大。小启家里世代从医，他学习成绩好，又擅长运动，而且相貌出众。

如果他说"不能那么做"，大多数学生都会听他的话。至于那些不听话的乖僻之人，江美子会私下找他们谈话。

"宽太你没错。"江美子对我说，"他们都是蠢货。"

"真的吗？"

[①] 日本旧教育制度中代表年级的学生，相当于现在日本学校中的年级纪委。

"嗯。"她说。她的说话方式像个男孩。

"他们看着像小混混，其实只是装样子。一个个的都在瞎学那些愚蠢的大人。"

我很庆幸，有他们俩做我的守护神。如果没有他们在，我的学校生活肯定会变得更加不堪吧。

* * *

有一次（应该是在初三那年的春天），我被隔壁镇子的不良少年纠缠时，是小启救了我。

当时，真利子跟我在一起。因为参加某个委员会而下学晚了的她，和被要求留校学习的我，正好在校门口遇见，于是就变成我们俩相伴回家。

因为许久没跟她说过话了，我特别高兴，以至于身后突然传来一声大吼时，我心里吓了一跳。

对方有三个人，我马上就看出来他们并不是本镇的人，恰恰是江美子之前所说的看着像小混混，其实是在模仿愚蠢的大人，只会装样子的隔壁镇子上的不良学生。这大概是他们为了练胆而进行的远征吧。划地盘意识，是他们行动原理的基本中的基本。

他们用故意弄得很粗哑的嗓音在商量着什么。

太可怕了。这些家伙就像是扳机很轻的手枪，很容易就会走火。唯有暴力是他们的生存意义。

我的膝盖在颤抖。因为过于恐惧，连我自己都感觉得到，我的脸已变得煞白。

尽管如此，我必须保护好真利子，当时的我这样想。由我做挡箭牌，掩护她逃跑，这是我能想到的唯一方法。

我背过手护着她，向前迈出一步。就在这时，其中一个不良少年狠狠地推了我的肩膀，身体一时失去平衡，我摔坐到了地上。

我就这样被轻易打倒了。这种关头，我是真的无能为力。真利子蹲下来，将手搭上我的肩。

"没事吧？"她问。

我只是点了点头，什么都没说。

他们俯视着我们俩，哈哈大笑起来。

我陷入了一筹莫展的窘境。

就在这个时候，附近传来了小启的声音。

"你们几个，对我们学校的学生做什么呢！"

小启是学生会的会长，也是刚结束了委员会，现在正要回家。

"这儿不是你们该来的地方，赶快走！"

"你说什么？"

那三人忽然杀气腾腾。小启站到我们中间，伸开双臂，站得挺直。

那几个不良少年见气势被小启压住，便开始叫嚣。

"少在这儿开玩笑！"

"想挨揍吗？"

"装什么装，你是谁啊？"

小启用毅然的声音，斩钉截铁地对那些人说："我是一中的学生会会长，槻川启司！"

就在那一瞬间，气氛全然改变。他们几个忽然变老实了，互相望了望对方的脸，嘴里还不知嘟囔着些什么。

小启向前迈出一步，大吼一声，他们几个被吓了一大跳，就那样转身逃走了。

"哎呀……"小启开口道，"宽太，没事吧？"

说着，小启抓住我的手臂，把我拉了起来，待我站好，又给我拍拍裤子，对我说："沾着泥呢。"

"嗯，谢谢……"

"小真利呢，"他问，"没事吧？"

"我没事。"她说。

"小启，你真厉害。刚才是怎么回事？"

"啊，那个啊……"他说，"前几天，因为学生会的交流活动，我去了隔壁镇子一趟，回来的时候被几个混混缠上了。因为他们实在太没礼貌，我就稍微教训了一下。然后呢，其中一个好像是他们镇上混混里的老大,于是我就成了他们那儿的大名人了。"

以文武双全为宗旨的小启家,从小就会让孩子们学习一门武艺。小启还是位武术高手。

"小启你真了不起。"我对他说。

但他似乎并不高兴,摇摇头说:"没什么了不起的,就这……你觉得那些人为什么会逃走?"

"因为怕你吧?"真利子说。

"没错,他们怕我。身体会遭受疼痛、会受伤。他们就是觉得会在我这儿吃苦头才逃走的。"

"让人害怕很简单。"小启说,"可让人喜欢,要比这难上几百倍……"

* * *

小启经常对我说,"你学习应该再努力一些"。还有,"宽太你要是努力的话,一定做得到"。

"如果能去所好高中,就不会再遇见做蠢事的家伙。而且,将来的路也会更宽。"

"将来……"

"是啊,宽太,你有一天也会结婚,对吧?到那时候,如果没有一份好工作,可是会让太太落泪的呀。"

"太太?"

"是啊,身为男人,必须考虑到那一步。"

自然,我从未考虑过那种事。小启大概是考虑到真利子的将来,才对我说了那些话吧。小启觉得,总有一天我会和真利子在一起。他非常担心做任何事都不太可靠的我会给真利子带去不幸。

我无法回报小启对我的鼓励。教科书上的文字,全都从我脑袋里的大洞不知漏到哪里去了。走进学校大门之前的我,和走出学校的我,没有丝毫不同。我什么都没有学会,成绩差到如此地步,反倒让人神清气爽。

我就像是落后于进化进程的猴子一样,当周围的人渐渐走向文明化时,只有我一个人还怀念着森林,悄声哭泣着。

我不打算再这样浪费时间了,初中一毕业,我就去工作。

我害怕未知的世界。离开这个镇子,被不熟悉的同学包围,还有必须从头开始面对完全没看过的教科书,这一切都让我害怕得不得了。

而且,在那个全新的世界里,再也没有能保护我的守护神了。

小启肯定会去一流的高中,江美子说想去学习西式裁缝,真利子则要遵照姑父的安排，去隔壁镇子的商业高中上学（真利子特别擅长算术，算盘和心算都很厉害，记忆力也很好。她虽然看起来文静，但其实比我要可靠得多。真利子本心其实是想继续学习绘画，但是考虑到自己的处境，实在难以开口吧）。

大家都开始踏上各自不同的道路。那个时候，绘画教室已经离我们远去。那是为小孩子们开办的教室，而不知不觉间，我们已经不再是孩子了。

* * *

我开始给舅舅做帮手。虽然我这人非常笨，但是对于舅舅安排的材料采购和送货，还有一些极其简单的工作，我还是能应对好的。

舅舅的工作开始一点点好转，整个社会也是如此。

我拿到的只是跑腿费程度的报酬，但我并不介意。"将来"这个词虽然无数次地在我脑海中掠过，但我并不觉得自己会拥有那种东西。

我一直在想着真利子的事，我希望她幸福。如果可以，我想亲自给她幸福，但我也知道，那实在是过于遥远的期望。我连自己的人生都很难维持，又怎么能对她的幸福负责呢？我就是个像连用自己的双脚站立于世都没把握的婴儿一样的人。

我想，就这样放任不管，总有一天她会自然地离我而去吧。我们见面的机会会变少，她会交到新朋友，她身处的世界会越来越广阔。

真利子并没有像其他的少女那样成长。她身材瘦小，胸部很小，腰也像少年一样纤细。尽管如此，她也在以自己的方式绽放青春。

真利子有极为母性的一面，而她内在的真实面貌也与之相符，柔软、丰富，能够抚慰人心。性格越是真诚的男孩，应该越会被她吸引。事实上，她已经收到许多男孩写给她的情书。

我们两个久违地在农场里散步时，她曾把其中的一封拿给我看，但是并没有让我看信的内文。看到信封上写得很漂亮的"致岸田真利子"，我难过起来。我想着，为什么要对我做如此残酷的事呢？天真无邪的真利子或许并未意识到自己所做之事的意义。

我们在桂树的树根上坐下。

"他是什么样的人？"我问。

"不知道。"她答道。

"刚走出校门时，突然递给我的。我当时吓了一跳……"

"高吗？"

"嗯。"她点点头。我心里更难过了。

"长相呢?"

"一般吧,一般。"

"是吗……"我开口,"然后呢,你打算怎么办?"

"没打算。"她说。

"不写回信?"

"不想写。"

"为什么?"

"就是不想写。"她说。

"嗯……"

我知道,这不是她第一次收到情书,是小启告诉我的。

"你要加油啊,宽太。"小启说,他的口吻似乎有些气愤,"你要是不好好努力,其他男人会把真利子抢走的!"

可是,我完全不知道要怎样才能努力做好。我的拼尽全力,无论如何都比不上其他男人普通的努力。这也可以说是,巧妇难为无米之炊。

我的世界正在变得越来越狭小。我甚至开始害怕,自己会不会因为唾液堵满喉咙而死去,或者会不会因为忘记呼吸而窒息。地雷区存在于我自身之中。生活在遥远土地上的某个人,祈祷着将我——我的家人埋葬。他的想法变成诅咒的话语,缠绕在我耳畔,也绝对没有离去的打算。我要怎么做,它们才能远离我,我全然不知。

总会有那么一天,我在想,某个地方的——比我个子更高的——某个人,会看到她那个无花果叶形状的秘密吧,就像从前我看到时那样。她还会把失去小脚趾的秘密,或者我不知道的其他秘密告诉他,悄无声息地让他为之动容吧。

一想到这些事,我心里越发悲伤。

"小宽,你怎么了?"她问。

"没事啊。"我回答。

"小真利变得越来越漂亮了。"我说。

真利子高兴地偷笑起来。

"我把头发留长了,发现了吗?"

"嗯,发现啦。"我说。

我怎么可能没发现呢,我在心底想。我心里早已决定,要记住真利子的一切。她的大事小事,我一件都不会遗漏。

她双眼下方浮现的淡淡雀斑,她下嘴唇正中的浅沟。撑起她朴素连衣裙胸部的两处小小隆起。干劲满满地说话时,尾音会稍稍变高的习惯。还有她在天真笑容之后展露的令人惊讶的大人似的渺远目光,触碰过我的带汗的手指,以及她佯装生气时,故意鼓得像气球一样的红脸蛋——

就将它们一个不落地全部搜集好，小心地保管起来吧。这些回忆都是我的所有物。我才是它们唯一的正统拥有者，怎么可能交给别人——

我与祖父的旅行

到了晚饭时间,祖父的回忆被中断。

趁祖父在病床上吃晚饭的时间,我们也准备去外边吃点东西。

正要走出病房时,祖父说:"我的自行车应该被放在停车场了,好像是酒店的人给送来的。"

"嗯。"

"能帮我看看车子怎么样了吗?"

"坏了吗?"

"大概是。"祖父说,"明天出院后,我想骑着那辆车出发,再加把劲儿就要到了。"

"您还要去吗?"

"嗯,要去。不过要先闯过今晚。"

"没事的,爷爷您会活到一百岁。"

自行车的脚踏板有点儿不对劲，似乎是被什么卡住了，转得不怎么流畅。而且我总觉得脚踏板本身也有点儿变形。

"这样没办法骑啊……"

"那坐出租车去？"

"恐怕不行啊，爷爷特别怕坐交通工具。我骑摩托车载他去应该是最快的。"

"我也想去。"

"啊？"

"会妨碍你们吗？"

"才不会，但是，你的工作呢？"

"明天放假呀，我可没有为工作牺牲到那种地步。"

"啊，嗯，也是。"

"我想去看看他们俩住过的地方，而且也特别想听听后面的故事。"

"我知道了。那么，我会想办法说服爷爷的。"

"谢谢，麻烦你啦。"

"那今晚呢？"

"回去一趟太麻烦了，我就住在医院吧。你也打算住在医院，对吧？"

"对，但是……"我说，"你住这儿行吗？"

"截稿日之前，我们都是这么过夜的，只能在沙发上小睡。

我都习惯啦。"

"是吗，好吧。谢谢你了。"

"嗯？"

"愿意听爷爷讲那些任性的话。"

"啊，才不是呢，是我自己想听的。真想谈一场那样的恋爱。总觉得都有点儿讨厌以前固执的自己了，不过都已经是过去的事了……"

"嗯……"

* * *

虽然可以走路去车站附近吃饭，但是她对我的摩托车表现得很感兴趣，因此我决定骑车载着她，沿国道找个地方用餐。

"哎呀，红色的头盔。"

"嗯，为了载人买的。"

"是要给爷爷戴吗？"

"才不是，不是为了爷爷买的。"

当然是为了她而买的。我自己用白色全罩式头盔，给她用大红色半罩式头盔。

她跨上后座，用双臂环住我的腰。她穿的短连衣裙的下摆正好被拉高到危险位置，不过周围光线很暗，似乎不必担心被别人看到。

"好紧张。"她说。

"就像在坐游乐园的娱乐项目似的。"

我的心情也很紧张,当然是出于其他理由。

摩托车刚开始行进,她就发出了欢呼声。

"好厉害!这感觉真棒!像变成风一样。"

"嗯,我就是为了体验这种感觉买的摩托。"

"我也懂啦。感觉会上瘾!"

* * *

在雨停后的国道上行驶了一阵后,我们遇到一家咖啡店兼酒馆兼餐厅似的店,决定就在那里吃晚饭。店里除我们两人之外,只有吧台前还坐着一位中年男性客人,他正边听便携式收音机里的棒球比赛转播,边看报纸。

我选了杂烩饭,她点了培根鸡蛋意面,吃完之后我们喝着套餐里搭配的香草茶,闲聊了起来。

"大泽,你真的什么都不知道吗?爷爷他们的特别恋爱。"

"嗯,不知道。今天第一次听说,吓了我一跳。"

"为什么爷爷一直没说呢?"

"听我爸说,爷爷似乎有过很痛苦的经历。奶奶生下我爸之后不久就去世了,我想一定是跟这件事有关吧。"

"因为经历了悲伤的离别吧。"

"嗯,所以他一直闭口不提过去的事,不过可能是渐渐老了的缘故吧,爷爷最近似乎在思考很多事,所以就有了这次旅行,还给咱们讲了从前的事。"

"这样啊。"她回应着,并用勺子搅拌起杯子里的香草茶。从吧台的录音机里,忽然传出一阵欢呼,似乎是有选手打出了本垒打①。

"这么说来,"她说,"小启肯定就是写那封信的人吧?"

"应该是吧。"

"是位医生,真优秀啊。"

"人与人真是有差距啊……"

"但是,谁也不知道吧,到底什么是幸福?并不是成功就会幸福。"

"话虽如此,"我说,"爷爷过得幸福吗?人生的大部分时光都躲在那间小房间里度过。感觉他就像藤壶②一样。"

"那里应该堆满了宝贝吧?是爷爷的宝箱。"

"是吗?要真是那样倒也不错……"

---

① 棒球术语,指击球队员将对方来球击出后(通常是击出外野护栏),击球队员按照一垒、二垒、三垒的顺序依次跑过并安全回到本垒的进攻方法,通常能为棒球比赛带来高潮。

② 一种附着在海边的岩石上,有着石灰质外壳的节肢动物。

*　*　*

回到病房后,祖父用焦急的声音对我们说:"真慢,我等得都睡着啦(说谎)。你们去哪儿了?"

"就在附近。"我说,"对了,野川说明天想跟咱们一起去。"

"真的吗?"

"嗯,我也想一起去。我想看看爷爷的家呢。"

"噢,那好啊。对了,小真,自行车怎么样了?"

"不能骑了。脚踏板转不动,只能坐出租车去。"

"不,"祖父当即摇头,"那不行。我不坐别人驾驶的交通工具。"

"我就知道……"

"我想骑那辆自行车去,要是脚踏板转不了,你就帮我推着吧。"

"啊?"

"就剩下不到十公里,两个小时就能到吧。"

"您是认真的吗?"

"认真的。从离开家开始,我就决定好了。"

"我可真服您了……"

祖父看了看野川,歪着头微笑起来,似乎是在说"这也没办法呀"。

"好吧,"我说,"我会推着您的自行车去的。野川你怎么办?你先坐出租车过去也可以。"

"我对自己的脚力有自信,而且今天穿的是平底皮鞋。我跟你们一起走。"她说。

"好吧。"我点点头。

"明天就相当于一次徒步旅行了。"

"那么,"祖父说,"我刚才说到哪儿了?"

"真利子收到情书那里。那之后,你们两个怎么样了?"

"啊,是说到那儿了。那之后啊,我们两个……"

祖父的回忆

我十八岁那年,母亲和舅舅相继离世。

仔细想来,也许在那次空袭中失去家人的时候,母亲的大半灵魂就已经跟随她的丈夫和孩子们远去了。剩余的灵魂,也全放在了我这个唯一幸存的儿子身上。如今,她的儿子也总算长到能独自活下去的年纪。虽说仍是个大婴儿,姑且已经能靠自己解决温饱问题,即便放着不管,也不会再哭着向母亲要奶喝了。或许是想到这些,母亲便忽然失了干劲。

寄居在母亲身体里的小小灵魂碎片,变成流星升上了天空。那里有她的丈夫和孩子们迎接她,就像去拼一片拼图,母亲回到了她应该在的正确位置——

实际情况就是给人这种感觉。直到最后,我都不知道母亲的死因。她跟平常一样入睡,然后就再没醒来。像是被狐狸迷住一样,她既没有生病,也还非常年轻,就算再结一次婚重建家庭都不成问题。

因此我想,母亲一定是启程去了梦中的世界。待在那里的感觉实在太美妙,她便忘了还要回来。那里有我的父亲、哥哥和年幼的妹妹。只要待在那个梦里,母亲就是幸福的,她再也不需要在雨天里掩着声音哭泣了。

痛苦的是被留下的我。所有家人都在那个世界,只有我一个人在这边,必须忍受着寂寞活下去。

祸不单行,母亲离世的七天之后,舅舅从桥上落入河中死了。那天夜里下着雨,舅舅喝醉了,完全没在意脚下的路。桥栏杆很低,相似的事故此前曾发生过许多次。

即便如此,我不由自主地难以接受这个理由。也许舅舅是为了追随母亲,自己选择了投河。虽然这只是我的主观猜测,没有确切依据,但这种想法始终在我的脑海中挥之不去。

他们两个并不像关系要好的姐弟,母亲去世时,舅舅只是淡漠以对,一滴泪都没有流过。这两个不善言辞的人,什么时候都表现得很冷淡。

但是,他们之间存在着些什么,连还是孩子的我都能经常感觉到。

我并不是在说乱伦之类的事,总之,他们两个很像,就像濒临灭绝的物种中所剩的最后一对。

我之前说过他们俩是龙凤胎吗?或许他们是做了同一个梦,

舅舅一定也被那个梦境完全吸引住了吧。一个无比温柔的、令人怀念的梦——

* * *

我成了一个无依无靠之人。

悲伤的情绪,如同恶性疾病一般侵蚀着我的心灵与肉体。我吃不下饭,睡眠也像冷淡的老友一样,只会偶尔到访。这让我本就瘦弱的身体变得更加消瘦,好似失去水分的枯枝一般。

那段时间,我接连不断地发过许多次高烧,都是超过四十摄氏度的惊人高温。发烧原因不明,也许人在过度悲伤的情况下,就会变成这样。我怀念着母亲,也想再见到舅舅,真希望我也能去往那个梦中的世界。

我没有就那么死去,全要归功于真利子。当时她已经读到高三,并找到了一份在一家大型信用金库①的工作。

她每天都会到我家来,为我照料诸事。她会给我做容易吞咽的粥,还会用小勺喂到我干燥的唇边。那时我连自己喝粥的体力和精力都没有。

脆弱的我终于在无意之间,将晚上睡不着的痛苦吐露给了

---

① 日本一种以中小企业为对象,进行存款、放款、贴现等业务的金融机构。

她。于是从那天起,真利子就连晚上都会陪在我身边。每天放学后,她会先来看看我的情况再回家,然后临近午夜时,她又会溜出自己的房间,来到我的身边。

"小宽,是我。"她在我家门外对我说。母亲和舅舅去世后,我仍旧住在那间储物用的小屋里。我不想离开自己熟悉的环境。

"小真利吗?进来吧。"我对她说。

她不发出声响地打开拉门,从狭窄的门隙间,迅速灵巧地把身子移进来,见到我之后,嘿嘿地笑起来。从窗子洒进来的月光,照着她纯白的笑靥。

"吃过一点儿了吗?"她说。

"吃过了,很好吃。"

我正趴在床上,她坐到我的枕边,轻轻地把手伸进被窝里,摸到我的手之后,她自言自语似的喃喃道:"手指好冷。"

"给你唱摇篮曲吧?"

"嗯。"

尽管摇篮曲并不会帮我入睡,但听着她的歌声,让我的心感觉很平静。

那个时候,只要一到深夜,我会毫无理由地感到强烈的不安和恐惧。我常常会想,会不会就那样死去。就像是满怀恶意的精灵，将不安的清汤从我的耳朵灌进身体里似的。

我真的有那种感觉。

那种不安里没有丝毫杂质，是完全纯粹的不安，它让我感到害怕。然后，我从早到晚总在思考那些不安，这种状态让我觉得是哪里出了错。说不定是我大脑里的电路出现了短路，使得某个地方出现了异常状况。

发过高烧之后的我，明显跟从前的我不同了，我的状况显然比从前更差。即使我想着自己不会变得更差，却总会有更差的状态在前方等待着我。

像某个人曾说过的那样，失去希望会使人的心枯萎。我没有未来，更没有期待中的未来会在某一天降临的预感。

我只觉得，自己应该离开真利子。只是，心里的软弱让我无论如何都无法把这些话说出口。

终有一天，我们分别的日子会到来吧。但是，现在还不是时候——

我心里抱持着这种预感，但不露声色地跟她共处的时光，为我带来了错乱的喜悦。

她的笑容再也不会为我展露——当我凝视着她那散发出恍若不属于这世间的魅力的笑脸时，就会这样想。我想，自己会不会因为太过爱她而死去，如果有那样的病该多好。我真心地如此期盼着。

* * *

  高烧给我带来不可思议的回忆发作。那些回忆中，没有任何影像和声音，只有情绪。遥远过去的我突然袭击似的出现，附身到现在的我身上，那种感觉非常奇妙。恐怕全世界都没有多少人有过那种体验吧。

  但是，即便我费心说明，没有体验过的人，也无法明白那种感受。

  不知是过去哪一天的某个瞬间的情绪，会突然钻进我的身体里。不可思议的是，它能与其他瞬间的情绪清晰地区别开来。十二岁的春天里下雨的午后，存在我心里的苦闷情绪，与十三岁的秋天里感受到的苦闷，截然不同。所谓心情，皆是一次性现象。

  那些复活的情绪，大多都极为普通，全是日常生活中的经历。不知为何，关于战争的回忆一次都不曾出现过，一定是都被彻底封印了吧。虽说如此，当过去那些寻常的情绪淌进我心里的瞬间，那种过于强烈的怀念之感，甚至会让我忘却呼吸。

  不管怎么想，这种情绪都已经表现过度，是近似于病态的怀旧过剩，是只能通过这种形式表现出的快要抵达极限的乡愁。

  不论是不安，是爱，还是炽热的乡愁，那个时候的我，可以说恐怕是陷入了应该被称作情绪病的状态之中。我的一切情绪都充满了戏剧性,有些时候的情绪被叫作精神性、宗教性的也无妨。

我虽然是个没有宗教信仰的人,但这种体验与信仰宗教完全不是一回事。

向遥远的存在寄托情思时,大家都会感受到这种情绪上的亢奋吧?无论那是单恋,是乡愁,还是祈祷。

说到精神性情绪,那段时间我常常能感受到母亲的气息,她一直在我身旁。闭上眼,我能感觉到她将手罩在我的额头上,为我遮挡着月光。下雨天也曾听到她压抑着声音哭泣时,发出的颤抖的叹息。

或许,我正身处所有境界的边缘。在那里,过去和现在,梦和现实,或者说生与死,都没有丝毫矛盾地融合在一起。

如同物理法则一般,当温度被升至极限,所有的热似乎就会汇聚成一个算式。或许,我的高烧也为大脑制造出了这种现象。

* * *

回忆发作扰乱着我的心,总让我忍不住落泪。

每到此时,真利子便温柔地抚摸着我的头发,低语道:"小宽别哭了,连我都想哭了……"

真利子微笑着哭了起来，泪水滴落在我的耳垂上，留下隐约的暖意。

就这样直到永远吧，我在心里祈祷着。我不需要活到明天，我只想要现在这一刻。

那时我们不谈明天，只会回首过去的日子，我们打从心底爱着那些过往。

"小宽，你还记得吗？"真利子问我，"下雨的时候，咱们两个互相化妆的事。"

"记得，"我说，"搽上白粉，涂上口红。"

"小宽你还穿了我的连衣裙呢。"

"那是你让我穿的呀。"

"可是，你也没有不愿意。"

"我想变成小真利。"

"变成我？"

"嗯，我总觉得那样就能永远跟你在一起了。啊，就像长得一模一样的双胞胎姐妹似的。"

真利子小声笑起来。

"那样好奇怪呀。"她说，"就算不专门做那种事，咱们两个现在不也在一起吗？"

"嗯，"我说，"也是，确实……"

真利子似乎是从我的声音里感觉到了什么，她轻轻地把身子移进被窝,温柔地对我说:"没事的,我会一直陪着小宽的,直到你睡着为止。"

她小小的脑袋抵着我的脖子,像在耳语一般——用近似叹气的小声,为我唱起了摇篮曲。

过量的悲伤几乎要压垮我的心。

真利子是我的女神,我的小小宝石,她是我人生中好的那一部分的全部。不管多么痛苦,只要能看到她的笑脸,我就能忍耐下去。无论何时,我的身边都有真利子在。我已经彻底习惯了她的陪伴,像行使理所当然的权利一般,接受着她的好意。

但是,这一切必须结束了。我要把她从我这个枷锁中解放出去,真利子不应该待在这样破旧狭小的牢笼里,她该去往自由广阔的天空。

那一对翅膀就是为此存在的——

* * *

在某个时刻,机会突然造访。说到底,就是勇气降临了。

终于,我将好多次刚一开口又吞回去的话语说出了口。这件事有点儿像从高耸的悬崖纵身跃入大海。双脚一旦离地,就再也无法回头。直到一切结束为止,我能做的只有继续坠落。

我对真利子开了口。

"我已经没事了。明天起就不用来我家了。"

她满脸茫然。

"为什么？"她微笑着问我。

"不为什么，"我说，"我想一个人待着。"

"真的吗？"

"嗯，真的。"

"那我明天不来了。"

"不只明天，"我说，"以后再也别来我家了。"

"你怎么了？小宽。"

"我一直都这么想的……"

"你骗人的吧？"

"没骗人。"

"小宽，你在跟我恶作剧，对吧？"

"才不是，我真是这么想的。"

"小宽，你讨厌我了？"

我无法回答。面对比自己生命更重要的人，"我讨厌你"这种话怎么可能说得出口。

我一言不发，一动不动地盯着自己的脚尖。

等了许久之后，她将我的沉默当作一种答案。

"我知道了……"她说。

她的声音在颤抖。我想着她也许是哭了，但并没有去看她的脸。

"今晚我就回去了,晚安。"

我听到拉门轻轻拉开的声响,抬起头时,她已经不在了,只能隐隐约约地听到远去的脚步声。

我真想跑到大门口去,望着真利子的背影大声呼喊——

"不是的,其实我想永远和你在一起。在这世上,除了小真利,我什么都不想要!"

然而,我没有那么做。我是个非常自制的人,若非如此,在那么强烈的不安情绪中,连一天都无法活下去吧。

第二天,她没有来。又一天的黄昏时分,她也没有露面。但是快到午夜时——

"小宽,是我。"

我听到真利子站在拉门之外,喃喃着。那一晚很冷,我正抱着双膝,坐在冰冷的棉被上。风声呼啸,我屏住呼吸,一动不动地凝望着映在磨砂玻璃上的她的黑影。

"小宽?你在里边,对吧?开门。"

拉门上着锁,那就是我的回答。看着她那显得太过幼小的身影,怜爱之情塞满了我的心。

"小宽,求求你了。给我开门吧,让我进去。"

真利子用力移动拉门的声音不断响起。

"小宽,我求求你了——"

我紧紧闭上双眼,一遍又一遍地低语着,愿小真利能够幸福。她经历了痛苦的童年时代,所以从今往后,应当过上不再受苦的好生活。而能带给她美好未来的人,并不是我。

就这样过了相当长的一段时间,二十分钟、三十分钟,或者更久。

真利子的声音终于停了下来,她的影子微微摇晃着。不知为何,我觉得那影子像是遗失在久远过去里的生命的残影。它走远片刻,又立即回来了。

"小宽,"我听到了真利子的低语,"我走了。晚安……"

这一次,她是真的走了。

忍耐许久的呜咽撬开喉咙的缝隙,淌进寂静无声的房间。我用颤抖的声音,呼唤起她的名字。这让我的心愈加痛苦,可我无力停止。

心中烈火般燃烧的剧烈悲痛,有一瞬让我感到了不安,但转念一想,就这样死去也未尝不可。被所爱之人的姓名夺去性命,真是最完美的死法,那个时候我曾这样想过。

* * *

那天过后,真利子依旧每晚到我家来,隔着磨砂玻璃对我说话。

"哪，为什么不给我开门？求求你，别再为难我了，我想看看小宽的脸。哪，好不好？"

"见不到小宽，我好寂寞。我讨厌这样，哪，你跟我说句话啊。"

"外边好冷，求求你了，快给我开门吧。"

"是我做错了什么吗？是的话，我道歉。对不起、对不起、对不起……"

即便是这样，我也一直沉默着。直到她放弃，离开为止，我绝对不会发出声音。因为咬紧牙关忍耐得太过用力，我的后槽牙终于裂成了两半。但我并不觉得疼，我的心已经陷入麻痹。

真利子离开以后，我轻轻打开拉门向外看，只见小屋的门前摆着三颗胡桃楸的果实。止不住的怜爱之情，几乎要碾碎我的心。

为什么要执着到这种地步？我在心里对她发问。

请赶快忘记我这种没出息的男人，你要变得幸福啊。要成为比任何人都幸福的新娘，开始崭新的人生。你要被强壮的臂膀拥抱，要感受到自己正被好好保护着。会有无限的平静让你的心保持愉悦，你的每一天都将与担忧和不安无缘。这才是小真利，是我希望你会拥有的人生啊……

一天，有两个男人来到小屋，把我拉到院子里。那时天还没有亮。

他们是真利子的表哥，我虽然见过他们，却从没有说过话。他们应该比我和真利子大两三岁，其中一个继承了家业，这是真利子从前告诉我的。这两个人长得都不像真利子，极瘦且高，皮肤和眼神很像老人。

他们将我拽倒在地，平静地说道："听好了。"那温和的声音，与他们粗暴的行为并不相符。

"别再靠近她，你也不希望她变得不幸吧？我家老爷子好不容易给她找好的工作，要是有什么不好的传闻，那份工作也会保不住。该怎么做，你自己想想吧！让她放弃你。"

真是不可思议，我一点儿都不怕他们。或许我是在期盼遭到惩罚。

我始终闭口不语，他们俩似乎在用怜悯的目光俯视着枯瘦的我，不久后这两人互相使了个眼神，没再说什么便走了。

*　*　*

第二天夜里，真利子又来了。

"小宽。"她用不安的声音唤了我的名字。那声音一点儿也不像是性格开朗的她发出的,感觉很是凄凉。

我什么都没有回应,只是一动不动地在黑暗中屏住气息。

"小宽?"

她的影子又靠近一些,我看到她的手伸向拉门。这一晚,我故意没有上锁。门一下子被打开,被吓得屏住呼吸的真利子的气息,来到我面前。

"小宽?"她用比刚才更低,像在寻找什么似的声音唤着我。

"你在那儿吗?"

她从仅被拉开一点儿的门缝里,轻轻地将身子移进屋内。窗外的亮光勾勒出她孩子似的轮廓。

真利子穿着一条亮色的连衣裙,外边又披了一件外套似的衣服。她双脚稍微分开站立着,双手提着裙摆,那是她在准备做什么事时,常常会有的小动作。

"谁在那儿?"她问道,"小江美?"

江美子将上半身靠在背墙而坐的我身上,衣冠不整地侧身坐着。她的两只手臂环在我脖子上,身上连衣裙的质地格外轻薄,外边罩着的一件开衫则更为薄软,一对高高隆起的胸脯正压在我的手臂上。

"是小江美吗?"真利子又问了一次。

这句话如同行动信号,江美子开始慢慢将脸靠向我,又将她的唇抵上我的唇。令我意外的是,她的气息有一种雅致而甜美的味道。

江美子没有按说好的行事,这使我有些畏缩,但我还是决定任由她行事,不如说这样更好,这样看起来才更真实。

这个吻持续了很久。当江美子终于将脸移开时,我低下头,不想让自己的嘴唇出现在真利子眼中。这是一个过于露骨的犯罪现场。

"你们刚才,接吻了?"真利子问。

"是呀。"江美子回答。

我感觉自己仿佛听到了遥远昔日的回声。那个时候的我,完全不知道自己是多么的幸福。如果还能回到那一天,回到那个瞬间,让我交出自己所剩的全部人生,我也在所不惜……

但是,我丝毫没有表露出这种心思,只是漠然笃定地对真利子说:"就是你看到的这样,所以别再……"

我的语调冰冷得连我自己都吓了一跳。这样就结束了,真利子将去往我触不可及的遥远之地。想到这些,灼热的悲痛冲进我的心里。

感觉到些什么的江美子,两臂一使劲,一言不发地紧紧压住我。

"还不行,"她说,"还不能哭啊。"

我听从她的话,屏住气息,静静等待着这漫长离别的结束。

"我知道了。"真利子用有气无力的声音说道。

"真是,对不起了……我一直不知道。是我给小宽添麻烦了,实在不好意思。真想马上消失。真的,对不起……"

"再见——"最后,真利子低语道。她掉转身背对向我们,从窄窄的门缝间,像被夜色吸走似的消失了。

我不由自主地想追出去,却被江美子用力拽了回来。

"这就是你想要的啊。"江美子说,"'想让自己不幸',你自己说过的话忘记了?"

"没忘。"我说。我将刚想站起的身子又坐回原地后,江美子松开了环在我脖子上的手臂。

"真利子还没有完全相信,"江美子说,"她的直觉很敏锐,宽太你也知道的吧?"

"知道。"我说。

"所以我还得再缠你一段时间,可以吧?"

我用手背抹去脸上的眼泪,默默地点了点头。

"还没结束呢,"江美子说,"你要是真想把自己推向不幸的深渊,就要坚持演到最后啊。"

我对她说了声谢谢,江美子索然地摇了摇头。

"到底什么是对的,我也不知道。我只是顺其自然,任事情自己发展。所以啊,说谢谢还太早,说不定,大家会因为我的错,都变得不幸……"

这件事之后的四年左右，江美子丢了性命。她被卷进小混混们的争斗里，腹部被捅伤。当时正与她交往的是个不正经的男人，听说是因为陷入了借钱不还之类的麻烦事。

　　江美子的人生结束得太轻易。我曾想，如果她挑选男人再谨慎些就好了，但那就是她的天性，总是去承担那些倒霉的角色，一看到有人受挫，她就会不自觉地伸出援手。无论何时，她都是如此……

* * *

　　江美子如她所说又来了。就像失去母亲和舅舅时，真利子照顾我那样，这次是江美子负责照顾失去了真利子的我。

　　若论病症，这个时期的我得的病更重。要让丧失了生之希望的人复原，非常困难。

　　江美子找到了在缝制工厂上班的工作。那是一家直属于大型西装店的工厂，十位女缝工要轮班用缝纫机制衣。那个时代，西装成衣非常畅销。借着繁忙工作的间歇，江美子不厌其烦地跑来我家。

　　"总有一天，我要拥有自己的店。"

　　江美子常像这样谈起她的梦想。

"小点儿也行,有我,再加一个人管理就够啦。我要在店里卖自己做的衣服,自己设计,自己缝制,就算要熬夜加班也无所谓。年轻的时候就得多吃点儿苦,那样以后才能得到回报。"

"真好,"我说,"这个梦想真棒,小江美你肯定能实现。"

"你真这么想?"

"我真心这么觉得。"

"哼,"江美子笑了,"就算你这么说也没用呀。"

"也是,我的话完全没有说服力。"

"不过我很高兴,"江美子说,"谢谢你。"

那段时间,我开始疯狂读书。我想着,如果让铅字填满大脑,我就能不去想真利子的事了吧。当然,这种事并不可能发生,但我必须找到些依靠。

由于我的储蓄几乎见底,所以书都是拜托江美子去图书馆借来的。

"居然会读这种书,宽太你真是个知识分子。"江美子说。

她所说的这种书,是歌德、黑塞、雨果等人被翻译过来的海外文学作品。我喜欢大起大落的情感故事,因为我自己的经历即是如此。

"你在学校,明明是个学习不好的学渣。"江美子说。

"我也不知道,"我说,"就是喜欢看这些,很轻松地就能记进脑子里，特别不可思议。"

"你呀，就是个心思奇怪的家伙。以后要么轻易惨死街头，要么说不定会意外地成为大人物呢！"

"我估计，大概是会惨死街头。"

"哼，"江美子娇声娇气地说，"要真是那样，我就去给你善后，不会让你孤单一人的。"

然而，江美子早早地先走了。到现在，我既没有惨死街头，也没有成为大人物。

* * *

要斩断自己的情丝，当然不可能那么容易。

我爱真利子。我想见她，想听到她的声音。

在我发高烧的时候，这种心情会越发强烈。我需要真利子，那种心情强烈到让人难以忍受。

一次，我带着高热的身子，像个梦游患者似的摇摇晃晃地跑出家去。我的双脚赤裸着，我想见真利子，我的心全被这种想法占据。

下过雨后的地面非常泥泞，飞溅的泥水将我全身染成像老鼠一样的灰色，但当时我几乎都没有察觉。当我幽灵似的走在黄昏中的小路上时，被下班回家的江美子看了个正着。

"宽太！"江美子斥责我，"你在干什么！会没命的！"

她拖拽着我，将我带回了家。一路上我为了从江美子手里逃走，像只野兽似的不停挣扎。

回到家后，江美子将仍在抵抗的我按压在地上。我成了一只被大头针固定在标本箱里的独角仙。虽然她并不是一个大个头的女人，但对于因发烧变得柔弱的我而言，连将她推开的力气都没有。

"我要去见小真利。"我虚弱地喊着，"我想见小真利！"

"都这时候了，你还说这种话！这不是你自己决定的吗？"

看着仍未停止挣扎的我，她用力地一拳打在我脸上。

"你别让我失望啊！"

我吓得仰头去看江美子，她的眼里闪烁起泪光。

"虽然你是个没救的窝囊废，但是，你想做成其他男人做不到的事，不是吗？用自己的不幸，去换取真利子的幸福。"

我屏住气息，只是盯着江美子。

"你做得对不对，我真的不知道。"她说，"但是啊，像你那样，能为了某个人做那么蠢的事，我是被你的气魄打动了呀。宽太果然是个了不起的男人，我之前真这么觉得。"

她从我身上移开视线，歪着脸，大嘘了一口气，就像是在想办法控制住激动的情绪。

"可是，你看你，"她说，"想去见她，觉得寂寞，还总在诉苦。这还不到半个月呢,连这点儿痛苦你都忍不了吗?"

"真没出息。"江美子最后嘟囔道,之后便一直沉默。

她将跨在我背上的身体移下来,大刺刺地坐到了地上,背靠着墙,随意伸展开双腿,又将锐利的目光盯紧了靠近天花板的黑暗处,那神态就像在寻找猎物一般。

从窗外射进来的余晖,染红了江美子的侧脸。她的样子看起来有种不可思议的神圣感,她就是一位粗暴的女神。

我用了很久才慢慢起身,随后面对着她,双膝跪地。

"对不起,小江美。"我说,"你说得全都对。我的决定没变,我想让真利子幸福。我唯一确信的是,我无法成为其他任何人。我知道,等待着我的人生肯定是残酷痛苦的,我不能让小真利陪我过那样的人生。要品尝这种痛苦的人,有我一个就足够了……"

江美子抬起头,看着我。她的目光中没有了愤怒。

"宽太……"

松了一口气的我,面对着江美子倒下了。我感觉自己的脸埋进了她柔软的胸里,随后便失去了意识。

高中毕业典礼一结束,真利子就离开了镇子,住进了宿舍,因为从那里去上班更加便利。她的姑父似乎为她安排好了一切。真利子真的去往我触不可及的地方了。

*　*　*

我的身体恢复了一些,但并没有完全恢复如初。目前的状态变成了我的新标准。与其说那是我的病,不如说那正是我这个人的存在方式,我正以这种状态活着。虽然是个非常不可靠的人,但叹息着拿自己与他人比较,也是无济于事。

我继承了舅舅的工作。虽然笨手笨脚,但只要花些时间,我也能做出比较像样的东西。比起数量,我选择了质量,我只跟能理解我的人做生意。虽然我的工作量还不到舅舅的三分之一,但只维持我一个人的伙食也勉强够用。

我埋头于工作,此外就是在晚上入睡前,专心阅读从图书馆借来的外国文学作品。

每当对真利子的思念不可救药地加深时,我就会到农场去,一直眺望回忆着过去在桂树下玩耍的我们俩的身影。

这亦是我对自己的残酷之举,就像是将手指深深插入心上的伤口里,粗暴地乱搅一番。即便如此,我也无法停止这种行为。难以忍受的悲痛在寻求更加激烈的悲痛——

寻求的同时,又装作没有在寻求,就像要把自己撕裂成两半。希望对方能注意到自己的想法,并且会因为对方没有注意到而愤怒,却又将自己的全部心力倾注到了隐藏自己的想法上。

我并不是什么了不起的演员,生硬地读着台词,面色苍白,动作也实在笨拙。即便如此，真利子之所以会相信我说的话，终究是因为那就是爱情的本质也未可知。

所谓爱情，是表现出真实的自己，并获得对方的接纳。两个人必须同时通过这种考验，而在这种时候，人们——特别是像我们俩这样的人——会过分低估自己。而与之相对，我们都会给予对方近乎不讲理的高度评价。因为用情过深，会将对方视为神明、天女来崇敬。我之前也曾说过，爱情与信仰有相似之处。

正如我内心的挣扎一般，真利子也会不安。因此，她才会被那么廉价的演技轻易欺骗。

当我拼了命地压抑着自己的爱意时，真利子也跟我一样在跟自己的情感做斗争。

我并不是说所有的爱情都是如此。只是对某一类人而言，之所以会感觉爱情异常艰难，是因为他们在希望付出更多的同时，又始终认定了自己所拥有的并不多。

其实啊，爱情与那种庸俗的经济条件没有丝毫关系。

感情的深度没有尽头。不可思议的是，你付出越多，便会随之增加越多。我们每一个人的手中，都紧握着无限的可能性。不管如何贬低自己，这一事实都是不会改变的。

最后，只需要满怀勇气，将自己的感情呈现给对方。

我与祖父的旅行

"我累了。"祖父这样说着,突然停下了他的故事,"今天就说这么多,明天继续。"

野川默默地点了点头,似乎发不出声音。我看到她眼里噙着泪。

"小真,那个塑料袋里有台录音机吧?"

"嗯,有。"

"给我拿来。"

"要睡了?"

"得躺一躺了,不稍微休息下不行啊。"

"给您。"说着,我将录音机递给祖父。祖父将耳机塞入耳朵,按下了按钮。

"记得帮我把灯关了。"祖父说着便闭上了眼睛。

"嗯,知道了。"

病房里有一张事先请人放置好的看护用的简易床,原本是打算我自己用的,不过我决定把床让给野川。

"不用啦,"她说,"我去谈话室的沙发上睡。"

"不行,"我说,"我怎么可能让你睡在那儿。"

"为什么?"

"为什么……因为在沙发上睡不舒服吧?"

"所以呢?"

"所以?"

"嗯,所以呢?"

"反正,"我说,"我不想让你睡在那儿。"

"我知道了,"她说,"你真温柔。谢谢了。"

大约过了一个小时,她裹着毯子走进谈话室,坐到我旁边。

"睡不着吗?"我问她,"爷爷的呼噜声是不是太吵了?"

"不是的。"她摇摇头,"只是感觉在这儿会睡得更好。"

"是吗?"

"嗯。"

她将毯子展开,重新搭在我们两个人的肩上。一种牛奶似的香甜气味钻进我的鼻子里。她把自己小小的脑袋靠在我的肩膀上,"呼——"地叹了一口气。

"嗯,这样感觉好多了……"

"可是……"

"嘘——"她说,"什么都别说,就让我这样睡吧。"

"嗯,"我说,"知道了。晚安。"

"晚安。"

她马上发出了睡着的鼻息。

我本以为自己不会睡着,却也不知不觉地入眠了。

我做了一个梦。在梦里,我跟散发着牛奶香气的天使牵着手,飞翔在云层之上。

* * *

第二天,祖父第一个接受了医生的检查后就被释放了。

"没事了。全身都没什么问题,照您这年纪来看,真是健康得不可思议。"

想来,祖父的生活过得比僧人还要朴素简单,从结果上来看,或许也不错。

虽是如此,祖父却对"不可思议"这个词有些在意。

"他的意思是'有点儿问题'吗?"

走出诊室,祖父这样问我。

"不是呀,是'特别好'的意思。"

"嗯，"祖父说，"真这样的话，最开始就这么告诉我多好……"

九点刚过，我们已经启程。

祖父坐在自行车座上，负责控制车把，在后边推着自行车货架的我则代替了脚踏板的作用。这比想象的可要吃力得多，货架的位置有些低，怎么推都不舒服。我变换着手的位置，又试着去推车座，可怎么也不顺手。

就在这时候，我恰巧看到一根拐杖似的木棍掉在路边，便试着把它插到车座下边去推，没想到效果意外地好。我感觉自己变成了推着附带推杆的儿童三轮车的家长。

走了还不到十五分钟便看不见街道了，前方的路都是缓慢爬升到山顶的乡间小路。悠哉地走在纯朴的田园风景中，让人感觉充满喧嚣的城镇生活，似乎成了遥远的过去。

路上几乎看不到来往的车辆，秋日的阳光柔和，世界安宁得有些不真实。

"真安静啊。"野川说。

"嗯，就像在天国一样。"

"天国？"

"嗯，昨晚我做了关于天国的梦，感觉特别幸福。"

"是吗,"她说,"那可真好呀。"

"嗯。"

"蜗牛待在枝上,"她说,"上帝高居天堂,世界安然无恙。"①

"那是什么?"

"勃朗宁写的诗。虽然写的是春天,但我感觉,现在就是这种心情吧?"

"完全没错。"

她加快步伐,走到祖父身旁对他说:"爷爷,继续讲您的故事吧?"

"好的,继续讲。我说到哪儿来着?"

"母亲和舅舅过世之后,真利子也离您远去那里。"

"啊,"祖父说,"对,是啊,那时候我真的很孤独……"

---

① 出自《比芭之歌》,是英国诗人罗伯特·勃朗宁的抒情诗剧《比芭经过》中的一支插曲。

祖父的回忆

我一次又一次地失去了自己爱的人,却并没有停止呼吸。日子勉勉强强地过着,我只是将食物送到嘴里,到了夜里就睡觉。

即使短暂地打个盹儿,梦境也一定会降临。大多都是熊熊烈火灼烧着我的梦,只有极少数的几次,真的只是偶尔,我会置身于安详到不可思议的地方,静静地休息,直到迎来黎明。

在那样的梦里,我总是被我怀念的人们围绕着。如今他们都已经不在人世。或许人生种种都早已被刻在命运里,我所做的不过是用手指照着它的痕迹去临摹一遍——这么想的话,我的心就会难以置信地平静下来。在那个地方,只有安眠为我引路。

我也曾想过,如果不再从梦中苏醒该多好。我希望能在永无止境的梦境中,永远安眠下去。

江美子对我真的很好。虽然记不清被她训斥过多少次,但无论何时,她都是对的。我知道,我对她说再多感谢都不够。

有时,我会趁着黄昏时微暗的天色,悄悄去往真利子的家。我知道她不在那里,就是因为这样,我才敢去。

真利子的家在天神大人的神社背后。从杉树林之间,能看到她住的那间小屋,小屋的东侧有一扇小小的窗。

一看到那扇黑暗空洞的窗,我的心都要碎了。她不在家的事实夺走了我的呼吸,给我的心里灌进一股冷风。堵塞的喉咙努力一使劲,我终于将心中所愿挤成了仅有的几个字。

"愿小真利身体健康,愿小真利笑颜常在……"

这就是我能做到的极限,只要她能幸福就可以了。

然而,直到后来我才知道,事实并不如我所愿。

江美子瞒着我去见过真利子。自然,她继续扮演我的恋人,即便是这样,真利子也很欢迎她的到访。

"真利子总是在担心你的身体。"

事后,江美子如实告诉我。

"只要是关于你的事,她什么都想知道。我一说你总在读国外难啃的小说,她就笑得很开心呢。"

真利子被分配到宿舍二楼的双人间,跟她同住的是一个缺乏朝气,蜻蜓似的姑娘。

"她在不在房间,都感觉不出来,就像太阳下的幽灵似的。"

宿舍很安静。江美子去的时候,那里的气氛总是很冷清。

"那儿阴森森的。"江美子说,"总感觉潮乎乎的,要是壁虎住那儿还挺不错,但真不是适合年轻姑娘生活的地方呀。"

真利子看起来很寂寞,她不再像从前那么开朗,而且看起来瘦了许多。

"真可怜,离开你以后,真利子变得特别脆弱。她喜欢你喜欢得不得了,可就是不说出口。一定是在顾虑我吧,我总感觉自己变成了一个大恶人啊。"

她似乎还曾休长假住过院。病名不详,医生说只是精神上的问题。从那时起,她又开始画画了,用彩色铅笔和水彩颜料,在小尺寸的绘画纸上描绘风景。

"她画了许多张一模一样的画。都是在森林深处有两个小孩子,其中一个的背上还长着翅膀呢,就像天使一样。真利子真的是从小就很擅长画画,好好学的话,应该会成为了不起的画家吧——"

虽然彼此分离,我们依旧无时无刻不思念着对方。这一定就是属于我们的缘分吧。我们两个之间的关系,就像是彼此重要的器官,若是离开对方,就会枯萎腐朽。没有意识到这一点的我,真是个无可救药的愚蠢之人。

像我们这样的人，通过给予才能变得幸福。我们会将人生中早早相遇的人，认定为一生中唯一的恋人，此后也绝不会改变心意。

这是何等奇妙的生物啊。作为人属的猴子，我们或许是意料之外的变种。

这种与众不同的猴子，真不知是有着怎样的机缘，才会跟拥有相同情感的对方相遇，又彼此吸引。这或许只能被称作命运吧。一切皆是命中注定的相遇。

可是，我们一直抵抗着这种命运。压抑着自己的情感，相信这样做才会让对方幸福，所以只顾一味地忍耐。

就这样，时间不断流逝，春夏秋冬在我们身边匆匆流转。

在这些时光的最后，决定性的事件终于发生了。

江美子告诉我，真利子与小启订下了婚约。

* * *

这分明是我所期盼的事，可是一旦真的发生，我的内心产生了剧烈的动摇。江美子的一字一句，都像是生了尖刺的鞭子一样重重打在我身上。我是个软弱的人，我本应该为真利子的婚约感到高兴，可我做不到，心里只觉得悲伤。在我经历过的所有瞬间里，这一刻最让我悲伤。也许，我心里还存有没把它当真的想法。但这世上本不该存在能永久持续的犹豫。

只是，直到现在我才意识到，她离开我跟她和别的男人在一起，这是完全不同的两件事。即便那个男人，是我尊敬喜爱的小启。

"你说的，"我的声音打战，"是真的？"

"真的啊。"江美子说，"是启司的父亲去跟真利子的姑父提出的。说先让两个人订下婚约，等启司从医科大学毕业之后，再举办盛大的结婚典礼。对真利子的姑父来说，这可是求之不得的好事啊。意想不到嫁入豪门，启司家可是世代从医呢。"

"小真利呢？她怎么说？"

"什么都没说，"江美子说，"真利子的想法和这件事没关系呀。估计是启司一再恳求他的父亲，然后后边的事就会顺利推进了吧。启司是个聪明人，他很清楚要怎么出击才能得到真利子。"

"但是，为什么——"

"为什么？你这糊涂劲儿真是一点儿没变。启司一直喜欢真利子啊。宽太，你是真的没察觉吗？"

"小启他？"我说，"对真利子？"

"是啊，没错吧？谁都能看出来吧，是你太不懂人心了。对宽太而言，真利子以外的人，看起来全跟路边的小石子一样吧，可是小石子也会喜欢上某个人，会左思右想，会有自己各种各样的烦恼啊。"

我无话可说。江美子说得没错，我缺乏揣度他人心思的能力。是我本来就不善与人来往吧。对于小启的心思，恐怕所有人都已经看明白，我却丝毫没有察觉。

"那么，"江美子说，"有什么想说的吗？我会帮你转达给真利子的。真到了订婚这一步，宽太你也有想对她说的话吧？"

江美子的语气听来轻快，眼神却认真得吓人。我感觉，自己仿佛正在接受审问。

我将自己最后所剩的自制心全部拼凑到一块，终于对她开了口："帮我说，祝贺他们。对方是小启的话，我放心，他肯定会让小真利幸福。我希望她能过得非常幸福，然后忘了我。至今为止，我真的很感谢她……"

* * *

由于出人意料的悲伤，我的心似乎出了些问题。小真利结了婚，会去往我触不可及的远方。小真利会变成小启的新娘。

原本模糊的未来，以这种目之可见的形态出现，让我担负起了新的苦闷。

详细地想象着他们两个人的生活时，我被那种景象击倒了。

我像只落入陷阱的野兽，挣扎着身体，发出内容不明的呻吟。即便我想停下来，却无论如何都做不到。如同在遭受某种惩罚，我不停地伤害着自己。

他们相爱的景象反复出现时，每一次的明度和真实度都在提升。在我眼前和睦相待的两个人，看起来特别幸福。小启是个无比温柔的人，为了让真利子能够始终做自己，他会对她付出难以置信的爱意。他们两个人的拥抱、亲吻，她渐渐暴露的秘密——颜色、形状、气味。

作为爱的证明，她会将自己和自己的身体献给她的丈夫。她会对小心翼翼触碰她身体的手指做出回应，发出温柔的喘息。然后在一切结束之后，她会悄悄说出自己失去小脚趾的秘密——

有一次，等我回过神时，已经跑出家门，向车站走去。我不能去见真利子，但是，只看她一眼也好，我想看见她的身影。远远地看也无妨，我想在她彻底改变姓名之前[1]，将那个身影铭刻进自己的眼中。

走山路的话，不到三十分钟便能抵达车站。进入车站后，我告知站务员她居住地的名字，买好了车票。我踏着没把握的步

---

[1] 日本女性在结婚之后，通常会随夫姓，放弃原来的姓氏。

伐，穿过检票口，站到了站台上。

我变成了渴求真利子的自动人偶，大脑内部像麻木了一般，出现了灼热的窟窿。

不久后，列车驶近，停靠在站台。车门一开，我像是被什么操纵着似的，摇摇晃晃地上了车。车厢里有一种汽油烧焦的味道。

发车的铃声响起，车门在我背后关闭。

听到那声音的瞬间，我忽然恢复了清明，意识到自己犯下了荒唐的错误。那感觉仿佛是在魔术师的响指中，从催眠术中清醒了过来。

我成了被捕鼠器抓住的老鼠，野兽的本能在倾尽全力地告诉我，这是一场难以想象的灾难。

列车出发了，随着车速加快，不知出处的金属似的响声逐渐升高。无限的不安情绪向我袭来，我的心情似乎起了奇怪的变化。心脏像是只受伤的小猴子，在我的胸腔里横冲直撞。

手心里开始冒汗，我就像一条被打上地面的鱼，大大地张开嘴，渴求着氧气。心里感觉好痛苦，我觉得自己会这样窒息而死。我的意识以猛烈的气势滑向他处。终于我的膝盖失去力量，站也站不住了。

我强烈地感觉到死，死亡的触感如此逼真，它用漆黑的手指轻轻地爱抚着我。死、死、死——

"小真利。"我喃喃着。之后我便失去意识，倒了下去。

* * *

等到意识恢复时，我正躺在车站的长椅上。一位年龄颇长的站务员正担心地盯着我的脸。

"这儿是？"我问。站务员告诉了我站名。这里是我上车地点的下一站，看来是有乘客帮忙把我抬到了这里的长椅上。

"你是不是贫血了？"站务员如此问道。

我默默地点点头。即便我说出真实情况，想来也不会被理解。我是被捕鼠器抓住的老鼠——只说这一句并没有用。

"需要我带你去医院吗？"站务员问我。我使劲地摇头。

"那就再在这里休息一会儿吧。"站务员对我说。

我继续躺了大概一个小时，可能是消耗的体力比想象中要多，我怎么也站不起来。只要稍微一起身，就会有剧烈的眩晕袭来，感觉就要吐出来了。

"有没有人能来接你呀？我来帮你联系。"站务员亲切地对我说。

我犹豫了一阵后，告诉了他江美子工作地点的电话号码。

大约一个半小时后，江美子来了。她看到躺在长椅上的我，却没有问我为什么会在这里。恐怕她早已看穿状况。

"怎么样?"她问,"能站起来吗?"

我试着站起来,感觉比之前好了些。

"可以。"我说。

"没办法坐车回去吧?"她问。

"对不起……"我点点头。

"我想也是这样,就借了辆自行车来。"

"从工厂?"

"是呀。"

江美子工作的缝制工厂,距离这里有两站远。她就是骑着自行车走了这么远。

"对不起。"我再一次向她道歉。

"嗯,"她说,"真是给人添麻烦哪。"

她让我坐到自行车的货架上。还要骑一站地。一路上,江美子一直沉默着。我很客气地把手环上她的腰,呆呆地眺望着流动的风景。

大概在越过镇子边界一带时,江美子突然开了口。

"我已经照顾够你了。"

"是吗?"

"嗯,你这种让人没办法应对的傻瓜,谁照顾得了啊。你就是个无药可救的笨蛋。"

"啊，你说得没错……"

"呆子、大傻瓜。"

"是，你说得对。"

"胆小鬼、爱哭鬼。"

"嗯，你说得都对。"

"没志气，而且还——"

她忽然不再说话，小声地不停咳嗽起来。

"没事吧？"

"我可不想被你担心。"

"嗯，好……"

她沉默了一会儿，终于用跟刚才不同的温和声调问我。

"宽太呀，能问你件事吗？你读过那么多书，也许会知道。"

"好啊，什么事？"

"我是听之前来我们工厂的设计师说的，他说从前有一位知名诗人曾说过：'当你真正醒来时，人生定会非常难以承受吧。'你知道那个诗人是谁吗？"

"我也不知道。"我老实地回答她，"真的不知道。"

"好吧。"她说。

"宽太呀。"

"怎么了？"

"你不觉得确实如此吗?"

"人生难以承受?"

"嗯,是啊。你之所以总是那么胆怯,就是因为比任何人都清楚真实是什么,比任何人都看得更透彻吧?你就是那种会在脸上画一滴泪的小丑,被不存在的空罐子绊倒给人看。事实上,那些瞧不起你嘲笑你的人,才是真的什么都看不见的愚蠢之人。哪,我说得对吗?"

"不知道。"我说,"我不知道啊,小江美。"

"是吗,"江美子说,"又是我太高估你了吗……"

"对不起……"

"没事,是我想那么认为。"

那之后,江美子告诉我,其实她一直在跟真利子保持联络。

"我感觉到了。"我说。

她告知我真利子的近况后,忽然对我说了这番话:"宽太呀,人会因为爱一个人而死去吗?"

我什么都没有回答,因为我无法回答。

不久就到家了,她温柔地为我整理好衬衣衣领。

"把腰板挺直啊,宽太。"

"嗯……"

"不能惨死街头啊,我不会帮你善后了。"

"是吗?"

"嗯,是的。我决定好了。"

"嗯……"

她跨上自行车,对我说:"再见,我还会来的。"

"嗯,今天谢谢你了。"

她骑车走远了,向着沉入暮色的黑暗街道,一次也没有回头。不可思议的是,那情景给我留下了一片晴朗的印象。

这是我最后一次见到江美子的身影。

* * *

第二天,真利子突然出现在我家门口。

她说,江美子告诉了她一切。真利子憔悴得让人难以置信,她的状态远比我根据江美子所说而想象的样子要糟糕得多。她就像一只离开了父母的雏鸟。如果失去了爱,雏鸟就会死去。

"我不知道到底什么是对的。"江美子曾这样说过。或许她说得没错。

我向始终站在原地满脸不安的真利子伸出手。我做梦也没有想到,有一天还能像现在这样再一次触碰到她的手。

"没错,"我用颤抖的声音说道,"全是谎话。我只是假装不喜欢你,其实我最喜欢小真利了。"

我紧紧抱住扑进怀里的真利子,在心里起誓,我绝对再也不会放开她。

我已经不再迷茫。我人生中的一切,都将为她而活——

我与祖父的旅行

大约花了两个小时,我们抵达了山顶。山顶处的隧道就是县境,我们一下子穿过砖造的老旧隧道,终于踏进了隔壁县的地界。

过了第一个大转弯后,视野忽然变得开阔。一片四周被群山环绕的水乡地带,展现在眼前。

小小的盆地里,有三条河流入,不远处还能看到许多条支流,像叶脉似的延伸出去。在四处弥漫的晨雾之下,稻穗如同生物的细毛一般,随着金黄色的身躯,簌簌地颤动着。

到处散落着丛林的黑影。那些阴影之中还有一块格外大的深绿色色块,想来那一定就是祖父所说的农场里的森林吧。

在盆地收窄的一大块地方,山与山之间架着一座很高的铁桥。后来从祖父那里得知,那是从前铁道的遗迹。

下坡路上,不需要我推,自行车就会自己往前走。在曲折的下坡路上走了约十分钟,便到了镇子的入口。

"不可思议,什么都没变。"祖父低声说道,"这镇子大概早就衰败了……"

制造精良的石筑排水渠,像护城河似的环绕在老旧民居的周围。水流意外地清澈,还能看到生满青苔的水底处,有竹子似的长叶水草在悠悠摇曳。

路上看不到一个人影,也没有车辆往来。如祖父所言,这个镇子可能在很久之前就已经衰败了。就像冬眠中的熊和松树那样,这个镇子正置身于流逝的时间之外,沉浸在漫长的睡眠中。

沿着街道走了一阵后,右手边出现了一座漆成朱红色的鸟居[①]。

"那里边就是天神大人啦。有集市的日子里,会有许多人从附近的村子来这里赶集,特别热闹。不知道现在还有没有了……"

"千代纸也是在这儿买的吗?"野川问。

"对,就是在这位天神大人这里。"

"那真利子居住的姑父家也在这儿?"

[①] 类似牌坊的日本神社附属建筑,象征着神域的入口,用以区分神栖息的神域和人类居住的世俗界。朱红色鸟居在日本较为常见。

137

"对呀，就在这后边……"

"不知道还在不在了？"

"不知道啊，那房子原本就很旧了。"

"想看看吗？先去那儿？"

听到这句询问后，祖父静静地摇摇头。

"不，不去了。继续直走吧。"

往前走时，我看到在杉树围绕的窄窄参拜道路的尽头，有一座小小的神社。神社院内很清静，那光景看起来着实冷清。

虽然只是短暂的一瞬，但我觉得自己在神社周围森林的暗淡光线中，看到了遥远昔日里祖父与祖母的身影。他们两个仿佛是一对蝴蝶，互相追逐着彼此，快乐地翩翩起舞。

那些铭刻进命运的记忆，偶尔会像这样忽地在我们面前展露身姿，将过去与现在连接——也许，我也渐渐地在以祖父看待世界的方式，面对这个世界。

与此同时，祖父转动自行车车把，向着一条狭窄的岔道走去。

小道两侧是白色的围墙，道路蜿蜒曲折地向山而行。

路两旁也有排水渠，我探头向里看，细细长长如鞋带的水草，正团成一块优雅地弯曲着身体。

"那是黑三棱。"祖父告诉我，"从前会把它的茎晒干，编成帘子。"

路边很快就没了民居。再往前就要穿行在浓密的树林里了，路面从满是裂缝的柏油路，变成了掺杂着沙子的发白的土路。脚下的路被踩得很结实，即便骑自行车行进也并不费力。

针叶树林中光线暗淡，空气也相当清冷，还有不知从何处传来的鸽子叫声。周围还留有隐约的雾气，凤尾草的叶子被晨露浸湿，重重地垂着脑袋。

"这是要去哪儿？"

"马上就知道了。"

潺潺的流水声隐约传来。这条河一定也有许多条支流，正在这片广阔的绿色大地上四处流淌吧。

继续走了一段时间后，一个十字路口出现在眼前，两条路呈直角相交。郁郁葱葱的树林深处，竟然会有这样几何式庭院似的交叉路口，着实让人觉得不可思议。

"往右边走就出农场了。"祖父说。

农场中持续延伸的道路，在晨雾之中化成蓝色，渐远渐消失。我们穿过十字路口，向着更深处走去。

* * *

步行五分钟后，突然出现了一处宽敞的地方。

"啊，到啦。"祖父说，"这就是第一个目的地。"

"绘画教室……"野川小声说道。

"没错。"

在这片海湾似的树林怀抱中,透过薄雾,能够看到一座古旧的洋房。洋房正面的墙壁几乎全部被爬山虎覆盖,满目深绿。风一吹过,爬山虎的叶子便会随之摇曳,仿佛巨大的古代鱼的鳞片一般,反射着晨光。

祖父之前说过的草坪还在,前院是一座颇像样的庭院,色彩缤纷的花朵正烂漫盛开。

庭院中到处可见蔓草和狗尾草的身影,看来这里大概很长时间没有人修剪照管了。

院子一角有一个手工制作的秋千。秋千一侧的绳子已经烂成细丝,坐板倾斜着。秋千下边蹲坐着一只黑猫,它正用明亮的眼睛一动不动地盯着我们。

"跟从前一样。"祖父说。

"这里和那时候一样,什么都没变……"

从自行车上下来后,祖父像个婴儿似的,以不怎么稳当的步伐,摇摇晃晃地朝前走。

"我们常在这儿玩捉迷藏,还有孩子因为躲进蔷薇花丛后钻不出来,快要哭鼻子了……"

忽然,一阵风吹过,倾斜的秋千轻轻摇摆,有淡淡的金桂香飘来。那只黑猫一转身,消失在森林的黑暗中。

似乎是因为听到了我们的声音，洋房的大门敞开，一位身材苗条的女士从里边走了出来。

她身穿一条灰色连衣裙，搭配着黑色紧身裤和深棕色的系带皮鞋。长发在脑后绾成发髻，戴着一副圆圆的眼镜。她的样子看起来像一位修女。

"欢迎您的光临。"那位女士说道。她的声音非常清亮。

"我是——"祖父说。他就像个因为擅自闯入别人家院子而被主人责备，全身吓得缩成一团的孩子。

"我知道，您是大泽先生吧？"

她说着，看似无意地走到祖父身旁，将手轻轻地放在他的胳膊肘附近。

"来，您这边请。"

祖父任由她带路，走进洋房之中。我们也匆匆忙忙地跟了上去。

* * *

门厅直通天花板，正面可见通往二层的楼梯。一、二层之间的楼梯平台处，有一扇玫瑰花窗，从那里照射进来的七彩光线将昏暗的大厅隐约照亮。

除了那扇花窗之外，其他的室内装饰都比想象中更为朴素。

与其说这里是画家的房子，倒更像是很久以前建造的小学校舍。铺着黑亮木质地板的走廊，自门厅向左右延伸。

室内墙壁上到处装点着画作。仔细看去，那似乎都是出自绘画教室的孩子们之手。虽然有些作品画得还不错，但大多水平都着实不高，其中还有只能看到乱成一团的彩色线条，完全不懂画的是什么的画。

"这里有爷爷的画吗？"她向我悄悄地低声耳语道。

"也许有吧。"我也压低声音回答。

脱掉鞋子，换上拖鞋后，我们朝右边的走廊走去。面向前院的一面墙上的窗户都是紧闭的百叶窗。自天花板上垂吊而下的白炽灯的灯光，将灰泥墙壁染成淡淡的橙色。走廊的墙壁上也挂着孩子们的画。

到底有多少画呢？我想着。这里俨然是美术馆的样子。

在走廊的尽头向左直拐后，一间很大的客厅立即出现在眼前。两扇对开门正大敞着被固定在墙上。我们被带入了客厅。

"请在这里等候。"那位女士说，"我去端茶水。"

待她离开后，我们才诚惶诚恐地在古董沙发上落座。这沙发一看就是天鹅绒手感，定是价格不菲。沙发的对面，还放着一张似是乌木质地的厚重的老书桌。

"您还记得这个房间吗？"

"这儿啊，"祖父说，"我记得这个客厅一直锁着，应该没有进来过吧……"

这个房间看起来很豪华,大约有二十叠,天花板上挂着一盏枝形吊灯,青白色的光线照到我们身上。

这里也有许多画作,似乎是由这座洋房曾经的主人——画家所绘。画的内容多是森林和水畔,描绘的一定都是这附近的风景吧。

与走廊相对的墙壁上也有一扇很大的窗,同样是完全紧闭着,还有深红色的窗帘遮挡。

不久,刚才那位女士端着放有玻璃杯的托盘回来了。

"请用。"她说着便将玻璃杯放到了桌上。我端过一杯,浅尝一口,是类似酸橙味道的水,里边还有一点儿碳酸。

她在离我们稍远的一把木椅上坐下,双膝并拢,又将双手叠放在膝头。

"我叫水树。"她说,"我在这里负责先生的看护工作。"

"是这样啊,"祖父说,"这两位(说着,祖父伸手示意我和野川)陪我一起来的是我的孙子真,和他的女朋友野川麻美。"

听着祖父的话,水树女士轻轻点头,笑着看向我跟野川。

"那么,"祖父说,"启的情况怎么样?"

我跟野川对视一眼,悄悄地互相点了下头。这里果然是"小启"的家,他现在就生活在这个绘画教室里。

"体力在逐渐变差。"水树女士说，"大概从两个星期前开始，就没办法从床上起身了。不过，这几天状态似乎不错，饭也吃得下了。先生现在还在休息，请您再稍等一会儿。"

"是吗……我知道了。"

他们俩的对话一时中断，房间忽然安静下来。这种可怕的寂静，让我有种置身隔音室的感觉。正当气氛变得有些拘谨时，"我……"水树女士再次开了口，"在先生的医院里工作，我出生在这个镇子，小的时候也来这里的绘画教室上过课。"

"喵，"祖父发出很高兴的声音，"是吗，那这个绘画教室持续了很长时间吧？"

"是的。"她点头，"我是这里最后的学生。直到画家老师快去世时，这里都一直对孩子们开放。只不过，孩子们渐渐离开了镇子……结束的时候特别凄凉。而且，不久后老师的太太也去世了……"

"我记得，他们没有孩子吧？"

"是的，因此槻川先生买下了这里，他当时似乎决意，等医生的工作结束之后，就在这里生活。"

"这里看起来和当时完全没有变……"

"这是先生要求的，就算是要维修，也不能改变房子的外观和内部装饰。"

"是这样啊,多亏了启,我在这儿还能感受到从前的气息。"

"我经常听先生讲起大泽先生的事。你们从小就认识,还有直到变成绘画教室里年龄最大的学生为止,都一直一起在这里上课。"

"是啊,两个看起来完全不会变成朋友的孩子,不知道为什么就是脾气合得来,总是待在一块。启真的关照了我很多,他不知帮了我多少……可是,也不知道从什么时候开始,我们两个彻底疏远了。等意识到的时候,竟然已经过去了这么多年……"

"但是,您来见先生了。"

"是啊,虽然有些晚,我也总算是下定了回乡的决心,来到了这里……"

就在这时,水树女士像在寻找什么似的,忽然抬头看向天花板。

"先生似乎醒了。"她说。我们也跟着去看天花板,却没听出任何声响。

"我现在就去告诉先生,大泽先生您来了。"说着,水树女士起身,快步走出房间。

* * *

小启——我这么称呼不太合适,还是仿照水树女士的叫法——先生,似乎就在二楼的寝室。返回客厅的水树女士,带着祖父上了二楼,把我们两个留了下来。她对我们说,可以在洋房内自由参观,于是我们立刻开始了探险。

"我总觉得,这里有点儿恐怖呀。"野川说。

"凶宅?"

"嗯,感觉像爱伦·坡[①]小说里的场景。"

客厅的深处还有房间,我们决定先去那里看看。

推开门,那个房间里特别暗。通过厚重的窗帘照射进来的一点点光线,恰好隐约勾勒出其中物品的形状。所有东西都被白布蒙着,再没有比这更令人毛骨悚然的场景了。房间里,飘荡着一种闲置空间特有的干燥灰尘的气味。

"那是三角钢琴吧?"她问道。

我顺着她手指的方向看去,那里确实有一块似是钢琴形状的布。

"要弹吗?"我问道。

她急忙摇了摇头。

[①] 即埃德加·爱伦·坡,19世纪美国诗人、小说家和文学评论家,其悬疑、惊悚小说最负盛名。代表作品有短篇小说《黑猫》、诗歌《乌鸦》等。

"算了吧。"她说,"感觉会召唤出来点儿什么。"

* * *

穿过门厅,下一个探险目标是洋房的左侧——即西侧。这边的走廊里也挂着一整排画。

在走廊的尽头向右转,一间几乎跟刚才的客厅构造相同的房间出现在眼前。两扇大敞着的对开门也跟那间客厅的一样。

这个房间的窗户也被厚重的窗帘遮挡住,虽然没有开灯,但走廊上的照明将房间隐约染成了淡淡的橙色。

"这里是教室呀。"她说。

"是啊,大家就是在这里画画。"

大约二十副木制的小小桌椅,在这里摆放着。它们看起来真的很小。

宽太、真利子、江美子,还有启司,那时候的大家真的只是孩子。许多孩子为了逃避饥饿,都曾来过这里。

我们走进了房间。

地板发出嘎吱嘎吱的响声,还有一种令人怀念的甜香气息从桌子、椅子上飘来,感觉那气味就来自孩子们身上。

不管外边有多么残酷的事在等待,只要在这里,孩子们就是被保护的。他们被接纳,被平等地认可,无论是谁都被爱着。来这里无须任何条件,只需要他们是孩子就足够了。不管是喜欢画画的女孩,还是让人应付不来的淘气鬼,每个人都被同样邀请到这里,受到同样热情的款待。

大人之间那些没完没了的彼此谩骂的声音,也不会传到这座洋房里。这里就是留给孩子们的最后的避难所。

"喂,"她说,"这面墙上也有好多画呢。"

"还真是。"

教室最后的一面墙上,装点着许多画。我走近了,一张接一张地去看时,发现了一张格外引人注目、不可思议的画作。

那张画上只有蓝色一种色彩,山丘般隆起的大地上,立着孤零零的一座房子,房子旁边又画了五个人似的物体。那大概是一家人,大的是爸爸和妈妈,小的则是孩子们。孩子们的胸前还别着姓名卡。我把脸凑近了去读上边的名字,写的分别是豪太、宽太、小夜。

宽太——

"这个是爷爷的画!"

"真的吗?"

"真的,我找到啦。"

"在哪儿?"

"瞧,是这张。你看,这个孩子胸前写的是'宽太'。"

这幅画比我想象中画得还要差。所有线条都很细且颤抖着,一点儿也不成形。房子看起来不像房子,人物也像是无法成功模拟人类形态的宇宙生物似的。能画到这种程度,已经不是写实画,而是接近抽象画了。

尽管如此,我就是无法从这幅画上移开目光。这幅画里蕴藏着些什么。

想回到那个和平幸福的时期,想再一次与父亲相见,想跟哥哥和妹妹一起玩耍——这种近似于祈祷的心情,被一位少年描绘进了这幅画中。

那些压抑的感情一下子满溢而出,变成蓝色的颜料,洒落在纸面之上。蓝色,是宽太眼泪的颜色。

"感觉,有点儿想哭啊。"野川冒出这么一句。

"是啊,想哭。"

"等会儿,一定要告诉爷爷,我们看到了他的画。"

"嗯,他一定很高兴。"我说。

"还是会害羞呢?"

* * *

教室的旁边,就是祖父曾提起过的备品室。这里一定也跟过去一样。

昏暗的房间里仍旧摆放着大卫、维纳斯的石膏像。亲眼看见,那些石膏像的尺寸之大,着实吓了我一跳。它们几乎个个都是真人大小,活像是将脸涂白的人正一动不动地站在那里,相当瘆人。

"啊,看那个。"我顺着野川手指的方向看去,只见房屋的角落里,有一把蒙了白布的椅子。

"那就是那个吧?"

"嗯,应该是。"

我们走到房间最深处,站定在那把需要一探究竟的椅子前。

我的心怦怦跳个不停。如果掀开白布往里瞥,宽太正坐在那里可怎么办?有一瞬间,我真的这么想。我肯定会吓得瘫软在地,说不定还会稍稍失禁。

"要掀开看看吗?"她说。

"嗯,看看吧……"

这样一来便无法退缩了。我咽了一口唾沫,将手轻轻地伸向白布,抓起一角,缓缓地掀了起来。

当然了,没有人坐在那里。我尽量悄悄地将屏住的气息一点点吐出。我的手里渗出了汗,心里着实吓得不轻。

"刚才有一瞬间我在想,如果童年时的爷爷坐在这里怎么办。"

"唉,是吗?"

"嗯,其实我胆子很小。"

"是吗……"

跟她这么一说后,我的胆子忽然大了起来,半开玩笑地模仿祖父,坐到了椅子上。将白布蒙在身上,我装作幽灵的样子向前举起双手,又缓慢地晃动起来。

"看啊,这里、这里,是我啊。"

我听到她小声地笑了起来。

"别装椅子幽灵啦。"

我继续这样开着玩笑,没多久便听不到她的笑声了。

不知不觉间,房间里变得鸦雀无声。我能听到的只有自己的呼吸声。

她离开这个房间了吗?我感觉自己像是被独自留在了这黑暗的房间里,心中突然不安起来。

"野川?"

没有回应。

"野川?你在哪儿?"

还是没有回应。可能真的出了什么事,譬如容易在老旧洋房里发生的哥特小说①似的情节——被藏身于阁楼的园丁亡灵拐走,被从前在这里死去的孩子附身,又或者糊里糊涂地消失于秘密房间。想到这里,我的身体忽然开始颤抖。

---

① 西方通俗文学中惊险神秘小说的一种。显著的哥特小说元素包括恐怖、神秘、死亡、住着幽灵的老房子等。

"野川！"

就在我喊出她名字的瞬间，白布忽然被掀起，她近在我眼前，将脸凑了过来。

"啊。"我惊叫一声。让人讨厌的是，我的声音和祖父的一模一样。

"吓着了？"

"啊，吓着我了……"

她开心地笑出了声。

"因为大泽你是个胆小鬼呀。"

"不，不是的。我在想你是不是被幽灵拐走了，担心你啊。"

"是吗？"

"是呀。"

她的表情突然变得严肃，手上松开了掀过头顶的白布。黑暗飘然落下，我再一次什么都看不见了，我们两个被一起关在这小小的黑暗之中。

"嘻"的一声，她笑了："就是这种感觉吧。"

"嗯，是这种感觉。"

"哪。"她说。

"嗯，怎么了？"

"从现在开始，就当我们是十三岁吧？"

"和从前的他们俩一样?"

"对,让时间倒转,从那时候重新开始。"

"开始什么?"

"第一次的接吻。"

说着,她弯下腰,把脸靠近我。

她的喘息弄得我鼻子发痒,我们额前的头发碰到一起,那感觉仿佛是敏感的触角触碰到了彼此,两个人心中的爱意交融为一体。

我感受到一种不可思议的松弛。伸手摸到她的脸颊,又移向自己,我亲吻上了那柔软的双唇。我的触碰非常节制而温柔,短暂的换气之后,这一次我们俩的双唇更加用力、热烈地贴到一起。

"嗯,"她说,"美妙的一吻。"

"嗯。"

"既然初吻这么棒,第二次接吻做得不太好,我肯定也能将就啦。"

"对不起。"我说。

"为什么道歉?"

"我早晚会做吧,未来那个不好的吻。"

"明白了,"她说,"我批准啦。"

"还有一件很久以后会发生的事。"我说。

"嗯。"

"我会强烈地期望成为一个小说家。"

"是吗?"

"是啊,然后,我会写一个特别幼稚的,不可能发生的超能力者的伤感故事。是在我失业之后,时间充裕的时候写完的。"

"嗯。"

"不过,未来的我缺乏勇气,一直没把这件事告诉你。"

"是吗,我能想象得到。"

"但是,我还是想让你读一读。"

"以未来的编辑身份?"

"以未来的恋人身份。"

似是屏住了呼吸的短暂沉默之后,"谢谢。"她说道,"我一直想听你说这些……"

* * *

洋房二层的走廊位于北边,面向前院的部分变成了房间。整层共有三个房间,我们从最靠西边的一间开始探险。

转动门把手,咔哒一声,房门在我面前敞开,这里比一层的房间要明亮得多。窗前挂着蕾丝窗帘,在走廊一侧和东侧的墙壁处,立着直通天花板的豪华书架。

这里应该是一间藏书室,"文森特·梵高①""皮埃尔·奥古斯特·雷诺阿②"之类连我都认识的西洋画家的名字,成排地陈列在书架上,一看就很像画家的房子。

"喂,你看,阳台是可以出去的。"她说。

"还真是。"

高大的落地窗像拉门一样,从那里便可以走到阳台上去。

我打开老旧的螺旋式锁,推开了窗户,风忽地吹进房间,蕾丝窗帘随之高高飘舞。风中带着气味,那是河水、树木,再混合上金桂的甜香气息。

走到阳台上,视野一下子开阔起来。但站在这种高度能看到的也只有绿色的森林,望不到镇子上的风景。在森林的遥远尽头,能隐约看到朦胧的绿色山脊线。

阳台从洋房的一端,一直延伸到另一端,隔壁房间也有同样的窗户,挂着同样的蕾丝窗帘。

朝房间里一瞥,水树女士正在里边。房间正中有一张很大的书桌,她正坐在桌前,专注地写着些什么。

我们将身子压低,尽量不发出脚步声从房间前面走过。尽管被水树女士看到也没什么不妥,但在那种气氛下,让人不由得想

---

① 文森特·梵高(1853—1890):荷兰后印象派画家。代表作品有自画像系列、向日葵系列等。
② 皮埃尔·奥古斯特·雷诺阿(1841—1919):法国印象派重要画家。代表作品有《包厢》《游船上的午餐》《红磨坊的舞会》等。

155

悄悄溜走。这座洋房与秘密的事特别相配。

最里边的那个房间，与前两个几乎是相同构造。只不过窗帘是像剧场垂幕那种非常厚重的质地，并且将大大的窗户遮住了大半。我面前这一扇窗子正被稍稍打开，透过那道缝隙，似乎勉强能窥到屋子里的光景。

我们两个轻轻地贴到窗子上。我下巴的下方，就是野川那小巧可爱的发旋，总感觉喉咙处被刺得发痒。

房间里虽然发暗，但也并非什么都看不到。而且，尽管声音有些含混不清，但对话内容还算能听得到。

房间里摆放着一张带顶的大床，一位老人正躺在床上。他那满头白发梳理齐整的样子，就像是出现在法国电影里的英俊老演员。这个人一定就是小启——椹川先生吧。

虽然听说他得了重病，但看起来并不像位重病患者。他头顶上方装饰着一幅画。画上是整齐有序的格子图样，线条细密之极，从我这里完全看不清细节。那画就像是曼荼罗一般。

祖父就在紧靠床边的位置。他坐在一把黑色的豪华木椅上，身体稍稍前倾，正探头看着先生的脸。

"——那，孙子已经大学毕业了吧。"

"是啊，已经二十三了。"

"真好啊，宽太。"先生说。他的声音很宏亮，"也许不算称心如意，但是，你好好地活出了自己的人生。"

"嗯，是啊。"

"你孙子……"先生的声音格外动情，"肯定挺招人喜欢的吧。"

"是呀。而且这次旅行，他女朋友也一起来了。"

"是吗？宽太的孙子挺能干呀。"

"那姑娘啊……"

"嗯？"

"有点儿像她。"

"像她？"

"不是具体的某个地方，就是她身上散发出来的那种气氛之类的东西。"

"你是说真利子？"

"嗯，总感觉有点儿像。"

她转过脖颈，向上看着我。我们两个眼神交会，轻轻地互相点了下头。

"时间就像风车，不停地转啊转，重复着相同的季节……"

先生说着，脸上悄然露出笑容。

"真的活了好久啊，能听到你说这些，我很高兴。生命在延续，爱也是啊。什么都没有消失……"

"你呢？没有家人吗？"

先生微笑着，缓慢地摇着头："单身了一辈子。"

"难道是因为……"

先生没有马上回答。他脸上微微挂着笑，沉下视线，认真地思考着什么。从那张脸上，我感觉自己看到了先生当级长时的聪明少年模样。

"是啊，"先生说着，抬起了头，"我的日子不多了，就是因为打算把所有的事都告诉你，才让你来这儿一趟。所以，我会如实说明的。"

"没错，"先生说道，"对我而言，爱情只有一次。无论如何，我都无法再跟她以外的女性在一起了……"

"启……"

"喂，别道歉啊。不然，我就没办法继续往下讲了。错的是我。那个时候，真利子回到宽太身边，是完全正确的选择。从最开始我就知道，靠婚约是不可能束缚住她的。但我……"

"嗯。"

"哪，宽太。"

"怎么了，启？"

"我那时候真是个什么都不懂的大傻瓜，狂妄自大，傲慢无礼。我自以为，比起宽太，我才是跟她更相配的男人。"

"的确，不管在谁眼中——"

"不，不是的。不是那么回事。"先生说，"哪，宽太。我啊，是为了真利子，才决意要当医生的。她的身体里残留着带着时限的炸弹，是我父亲给她看的病。"

"我听她说，那是空袭时留在身体里的……"

"是啊，也许某一天，她会因为那些炸弹而丧命。期限肯定是由命运之神按自己的心情决定的吧。知道这件事之后的我，愚蠢地以为，如果是我的话，一定能反抗这种宿命。从小时候起，我就一直想去海外。这很像在内陆乡下长大的少年会拥有的梦想吧？我想成为外交官。但是，已经无所谓了……"

"所以你……"

"啊，为了跟真利子的病做斗争，我进了医科大学。即使不能跟她在一起也无妨，我只是想作为医生陪在真利子身边，竭尽我所能地帮助她在这世上哪怕多留一天，只要能做到这一件事，我的人生就算有所获了。那时我真心这么想……"

"我不知道啊，"祖父的声音颤抖着，"这些事，我完全……"

"嗯，是啊，如果故事到此为止，我会成为一部伟大悲剧里的浪漫主义者吧。但是啊，宽太……"

"嗯。"

"事实并非如此。我背叛了你，当我听说你们两个分开时，心里想的是，机会来了，我还有希望。"

"嗯，但是这么想也是理所当然吧。喜欢一个人，是没有优先权的。"

"宽太你太温柔了。"先生说,"不过,我想告诉你的一件事是——说到底,虽然这是我在向你告解之前的自我辩护——那个时候,我最先考虑到的是她的身体状况。这是实话。之所以觉得跟宽太相比,我更适合成为她的丈夫,是因为我觉得自己跟她生活在一起,对她的身体要好得多。"

"启……"

"啊,不对,这听起来太像个伪君子了,对吧?说实话,我确实想拥有她。没错,这么说才对,谎言都是伪装,自我辩护、自我欺骗是软弱之人的本性啊……"

先生轻轻叹了口气,继续说道:"不管怎样,我心里想着,怎么可以放过这个机会。为了能拥有真利子,我可以做任何事。"

"嗯……"

"就是在那个时候,江美子来找我了。"

"小江美?"

"是啊,她是个消息通。只要是镇子上发生的事,她无所不知。我在暗中准备与真利子缔结婚约的事,她也知道了。"

"你明白吧?"先生说,"她为了什么事来找我。"

"不知道,"祖父回答,"我不知道啊,启。"

先生笑出了声。

"是嘛,这才是宽太。你可真是一点儿没变啊。"

"然后呢?"祖父问道,"小江美为什么去找你?"

"她对我说:'你应该什么都明白。'"

"那是什么意思?"

"她指的是,宽太离开真利子,装出接近江美子的样子,都是出于对真利子的爱。'你没有蠢到连这么拙劣的演技都识不破吧。'江美子当时这么对我说。"

先生轻轻笑起来,肩膀也随之耸动。

"我佯装不知,回问她:'你指什么事?'但是江美子说得没错,我知道宽太你对真利子的感情,还利用了这一点。这全是为了实现我自己的心愿。"

祖父的身体微微晃动。

"你都知道?"

"嗯,都知道。我早看穿了,而且也听江美子说过。她告诫我说:'这不是你该插手的事,别再管了。'还说:'他们两个将来会怎么样,得他们自己决定。这件事可能比较费时间,所以现在只需要默默地远远看着。'"

"还有过那种事啊……"

"是啊,但是,我态度强硬地告诉她,这都是为了真利子。她的生命有时间期限,但如果她跟我在一起的话,也许我可以让那个期限延长得更久。订下婚约,还有结婚,都是为了让真利子活得更久。"

"小江美怎么说？"

"她用一种怜悯似的目光看着我，跟我说：'你该做的不是那种事吧！真正的爱是什么样，你应该明白，还有爱情的力量和幸福的意义，只需要远远守护的爱也是存在的啊。你现在是在试验自己的爱。拜托你坚强点儿吧！'江美子她……"

"嗯……"

先生忽然停了下来，许久，他什么都没再说。祖父也什么都没问，只是将他那弓着的瘦弱的背，轻轻地前后摇摆着。

"但是，"过了很长一段时间，先生再次开了口，"无论如何，我都想拥有真利子。即便要为此把灵魂卖给恶魔，我也在所不惜。我强行推进婚约的事，也直接去见了真利子，努力地推销自己。唉，可是她啊，整个人像空了一样，一天天地消瘦下去，我眼看着她花朵似的笑容在日渐枯萎。我也跟着总是在抓狂，要怎样她才能再对我露出笑容？我该做些什么，她苍白脸颊上的阴霾才能消散呢？无论我是送花，请她吃饭，还是给她买昂贵的珠宝，都完全不起作用。她对我露出温柔却哀伤的微笑，说：'对不起，小启。'她的对不起，说了很多遍，很多遍。她还说：'我已经这样了，请你去找别人吧。'我问她，我到底该怎么做？当然了，答案我知道。但是，我就是无论如何都无法放弃。我变不成宽太、江美子那样。不管被怎样诽谤，或是陷入自我厌恶，我都要去做自己相信的事。如果说爱在经受试炼，那这就是我的爱。婚约的确立，越发将真利子逼入绝境。她开始不明原因地发高烧，连续三次被送去住院治疗。可我还是没有改变心意。就像是手里紧紧握着一只痛苦挣扎的小鸟，我剥夺了她的呼吸，也夺走了她仅剩不多的宝贵时间。我的罪实在太重，太重了……直到最后，我都是一个以自我为中心的人，是一个自以为是、傲慢自大的男人。如果当时江美子没有把真相告诉她，我……"

先生的肩膀颤抖着，发出呜咽声。

"抱歉，宽太。"他用嘶哑的声音喃喃道。

"我真的很抱歉，对不起，宽太。我让你们两个受苦了……江美子给过我赎罪的机会，但是我，我浪费了她的好意……我背叛了大家……对不起啊，真的对不起……"

先生淌着泪，诉说着。

祖父轻轻地伸出手，抚上他的肩。

"启，别折磨你自己……"

先生依旧低着头，什么都没有说。他发出低沉而颤抖的声音，不住地轻摇着头。

"启你肯定明白的。"祖父说。祖父的声音也颤抖起来，"我们大家没有一个人在责怪启，无法原谅启的只有你自己啊。别再这样了好吗？"

祖父说话的语气，仿佛是回到十三岁的孩子。待在这房间里的并非即将走向人生终点的两位老人，而是两个因为懂得了爱，而经受着心灵震颤的少年。

"一切都是安排好的。如果不去这么想，就没办法走下去啊。启你祈盼着小真利能得到幸福，这些她都明白，也觉得很欣慰。留在她心里的，只是无法回应你心意的自我懊悔。我们没有失去任何一段时光，所有的一切都是必经的经历啊……"

"宽太……"

"而且，如果要说谁有错，那也是我。我无法面对自己的过错，逃离了这个镇子……"

先生的表情骤然僵硬，他的眼里含着泪，一动不动地注视着祖父。

"你是说真利子去世的事？"

祖父默默地点头。

"宽太，那不是你的错。"

"嗯，我知道。小真利也不会责怪我，这我知道。但是，我觉得很痛苦，一直，一直都很痛苦……"

"宽太……"

"哪，启啊，所以你也别再……"

"我知道了。谢谢，真的谢谢你。幸好我鼓起勇气跟你说了这些话。最后能像这样见上宽太一面，能向你道歉，真的太好了……"

"启……"

"喂，宽太，"先生说，"真利子她啊，在准备回到你身边的前一天，对我说了些话。"

"嗯……"

"她说她做了一个梦，在那个梦里，她和宽太度过了幸福的一生。她生了孩子，成了母亲，活了很久很久，拥有了许多回忆。'我不会死，'真利子强烈地向我保证，'所以请你放心。'"

"小真利对你说过这些……"

"是啊，我想相信她的话。这就叫作奇迹出现吧。她真的看到了自己的未来，所以我还有什么好担忧的呢？因为，幸福的日子，早就已经被安排好了。"

"知道吗，宽太，"先生说，"在如此残酷的世界里活着的我们，无论何时都要拥有梦。尽管它像泡沫一样虚幻无常，但我们在那样的梦中，能够获得刹那的安宁。真利子的人生很幸福，放手后的喜悦，那些能打心底里笑出来的日子，都是真实存在过的啊。所以她才对我说了那种温柔的谎话。虽然泡沫不久就会破裂，但幸福的记忆会永远留存下来。痛苦就是一种补偿，正因为爱，才会感到痛苦，那份痛苦也是爱啊。哪，宽太，这不是也挺好嘛。"

"启……"

先生缓慢地直起身子，祖父诚惶诚恐地伸手揽住他的肩膀，轻轻地抱进自己怀里。

"启,你瘦了不少……"

"是吗?我已经没有任何遗憾了。现在这具躯体,不过是个临时住所。"

"你这么想啊……"

"嗯,这就算跟宽太告别了。"

"启……"

"嗯,怎么了?"

"多亏了启,我才能得救。如果没有你在,我的童年肯定要痛苦得多。谢谢你啊,启。还有你对小真利的爱,谢谢。你一直关心着我们,谢谢……"

"啊,"先生发出一声重重的叹息,"真好啊,能跟大家相遇,真是太好了。我们都是幸福的人,能对一个女性爱得这么深。一切都有所回报……现在,我感觉非常幸福……我就带着这份心情,先走一步了。如果这个世界的尽头,还有另一个世界存在的话,我们一定在那儿等着你。宽太,有缘再见吧……"

* * *

我们在洋房门口,跟水树女士道了别。

"启就拜托你多多照顾了。"祖父语毕,她莞尔一笑。

"嗯,交给我吧。也许我就是为了照顾先生,才跟他相遇的。"

"是吗,那我就放心了。"

"今天您能特意从那么远的地方前来,真的非常感谢。"

"哪里,我才要说谢谢。再见。"

"再见。"

直到看不到水树女士的身影为止,她一直站在那里,目送着我们离开。也不知是何时,那只黑猫又回到了洋房,悄悄伏在她的脚下。

* * *

我们又回到了来时的路上。天上开始飘起云朵,云朵遮住了日光。尽管已接近正午时分,树林里仍然光线昏暗。

没过多久,那个十字路口又出现在我们的前方。

"这次我们走另一边。"祖父说。

"农场里的那条路是吧?"

"对,转过那边的三岔路口,往镇子里走,就能到我家了。"

"爷爷的家?就是那个像库房的小屋?"

"嗯,是啊。"

"还在不在呢?"

"房子不知道变成什么样了,毕竟已经盖了很久。那块土地现在还在我的名下。不过,应该没有人想要那种土地吧。"

"爷爷和真利子在那儿生活过吗?"她问。

"是啊,是个特别寒酸俭朴的家,但我们俩已经尽了最大努力。真利子跟我在一起后,她的姑父就跟她断绝了关系。我们两个孤立无援的人,只能彼此支撑着活下去——"

祖父的回忆

我们两个生活在一起的记忆中，出现了许多的窟窿。这大概又是心的某种审查功能吧。因为有过许多痛苦的经历，所以我抛弃了这个镇子，搬去了现在住的地方。为了让精神能保持正常状态，无论如何我都必须这么做。

那时优治还不到一岁，他还那么柔软、那么脆弱，全身心地依赖着我这个实在不可靠的人。他对我真的没有一丝怀疑，那是一种惊人的信赖。

虽然这都是理所当然，但我活到那么大为止，从没有人像那样把自己生命中的一切都托付给我。这就是所谓的为人父母吧。不管怎么样，我都必须回应那份需求。无论发生什么，我都要跟他一起活下去。

对于一个实在不善于生存的人而言，那是一种壮烈的决心——我绝不能崩溃。一定是这种念头将那些痛苦的记忆封印起来了吧。

不过，幸福的回忆当然也有很多，它们都是我的宝物。人们在失去时间的同时，也得到了不可替代的回忆。用一秒钟流逝的时间，可以交换到一点儿记忆。它们就是我们走过天国之门时，唯一可以带在身上的财产。

只要回首过去，我总能看到那时微笑着挥动手臂的我们俩。年轻、充满希望，同时又稍纵即逝。一切都不曾褪色，都还是那么鲜活，就像是镶嵌在人生旅途中的辉石，它们悄悄地呼吸着，等待着我的归来……

* * *

我和真利子成为夫妻的第一天，在家门口挂上了门牌[1]。我用刻刀在小木片上刻上了我们俩的名字，又灌入墨水——"大泽宽太""真利子"——然后，我们两个一起把那块门牌钉到了门口旁的柱子上。

在那之前，我们家从没挂过门牌。因为在乡下镇子里，人们都彼此认识。所以这块崭新的门牌，就像是我们俩在表明决心。

我们将在这里一起生活下去，坚定地陪伴彼此，直到死亡将

---

[1] 日本家庭多会在家门旁挂上写有居住者姓名的牌子。一家人姓氏相同时，通常只有排在第一行的户主会写上包含姓氏的全名，其他家人依次在后边写上名字。

我们分离……

对于没有举办结婚典礼的我们俩而言,这就像是结婚仪式一样。没有白色捧花,没有结婚戒指,甚至没有朋友们的祝福,那实在是个简朴的新开始。

真利子凝视着那块崭新的门牌,开心地微笑着。她当时的样子,我永远都不会忘记。

柔和的朝阳之中,真利子宛若一位被幸福之光环绕的女神。那时正值初夏,她穿着一件无袖衬衫和及膝的藏蓝色裙子,脚上是一双木制凉鞋。

"我们两个人的生活要开始啦。"她说。

"嗯,要开始了。"

"小宽,咱们要变幸福啊。"

真利子挽上我的手臂,她的胳膊纤细得让人心疼。涌上心头的炽热感情,让我险些落泪。

"嗯,一起变幸福……"

那之后,我们一起分吃了一瓶橘子罐头。那是她最爱吃的东西,是我们在结婚这天最大限度的奢侈。

"真好吃啊。"真利子说,"我的嘴里有满满的幸福。"

"是吗?"我说,"你想吃,我这里还有呢。"

"小宽真温柔。"她说,"能变成这么温柔的人的新娘,我真是个幸福的人。"

我们两个都没有亲人可以依靠，而且身体都很柔弱。对我们来说，前景这种东西，是再怎么找也找不到的。虽然如此，我们还是选择了一起生活下去这条路。只要两个人在一起，一定会过得幸福——我们坚信。

在旁人看来，一定会觉得我们两个很愚蠢吧。如果想明智地活下去，一定不会有人选择这样的人生。

只有笨拙的人，才会为爱献身。

* * *

真利子被信用金库解雇了。因为此前她因病反复休过很多假，这也是不得已的事。虽然她想马上再找一份工作，但恢复体力才是首要任务。慢慢花些时间，先适应新的生活，同时让体力逐渐恢复，养出一副不会被疾病压垮的身体。

真利子想要一个我们俩的孩子。"没问题吗？"当我这样问她时，她回答说："完全没问题。"虽然我无法打心底里相信会没事，但她的自信给了我勇气。好好休养的话，她一定会变好，这样一来，孩子也——

事实上，跟我在一起之后，她胃口变好了，体重也在慢慢恢复。

"小宝宝会不会很快就到来呢？"那段时间，她常会这么说。

每当这时，我就会回答她："现在还太早，你要变得更健康才行啊。"

我努力地工作，真利子则一直支持我。幸亏工作量比我一个人时有所增加，挣的钱好歹够我们两个人吃饭。而且，从俭省的家计里，我们甚至还为将来预备出了存款。

那是我人生中最幸福的一段时光。如果时间能停止该有多好，当时我无数次地这样想过。所有的瞬间都惹人怜爱，只要有她在身边，世界就是闪闪发光的，就连从窗外吹来的风，也让我感觉像是在祝福我们俩的天使的号角声。

因为太过幸福，我常常感到不安（这就是我可憎的性格）。这种过分的幸福，一定会在某一天要我补足差价吧。也许是因为带着这种想法，跟她在一起的哪怕一秒钟，我都不会草率对待。

我们两个无论什么时候都在一起。一天中的二十四个小时，我们时常会有身体接触，要不然就是注视着彼此，听着对方的声音，感受着对方的气息。我祈祷可以变成她身体的一部分，譬如能保护她的坚固的皮肤。

我们两个一定是作为同一个生命体降生的。然而，因为某种差错，我们被赐予了不同的躯体，便有了一旦分开就无法存活下去的宿命。不管我们拥抱得多紧，仍会感觉不够。两个人的身体彼此交融、重叠，最后合二为一。我一直在幻想着这样梦幻般的拥抱。

真利子就是我的命。她的每一次呼吸，心脏的每一次跳动，都让我钟爱不已。我强烈地祈求：真利子啊，健康起来吧！我希望她活下去，一定要比我活得更久，就像八百比丘尼①那样。

我愿为此去做任何事。我会扮成丑角逗她笑。当她似乎陷入不安时，我就会热情地跟她讲——未来就像慷慨的慈善家，他会把一切都给我们，以此来帮她鼓起勇气。

我会专注地去听她的呼吸，哪怕是小小的一声咳嗽或叹息，我都不会错过。我想保护她不受任何悲伤情绪的侵袭。

她一定也跟我拥有相同的想法，不管是什么时候，我们都在挂念着彼此。

"没事吗？"

"痛苦吗？"

"冷不冷？"

"睡得好吗？"

如果我们中的一个人感到痛苦，另一个就会轻轻地把对方抱进怀里，一直抚摸着对方的肌肤，直到痛苦消失为止。

---

① 日本古代传说人物。"比丘尼"是梵语的音译词，佛教用语，俗称尼姑。传说有一个尼姑因为吃了人鱼肉而获得不死之身，活到了八百岁。

她在我的臂弯里,像即将入眠的天使。"感觉好幸福。"她喃喃了许多遍。我的手指轻抚着她那瘦削的肩膀,滑过勾勒出肋骨曲线的纤细起伏。如果摸到她身体哪里有一点点僵硬,我就会耐心地一直按摩,直到它消失为止。

她入睡时健康的鼻息,比任何财富和名声都更让我感到幸福。当她心情平静时,我会觉得很满足,仿佛连死亡的痛苦也变得不值一提。

到了夜里,我们在平静地拥抱彼此的同时,会谈起梦想。

等有一天我们两个变得更健康、更自由的时候,一定要去做这个做那个——那都是些尚未实现的遥远的梦。

"等小宽能坐电车的时候,我们就一起去海边吧。"真利子说。

"海边?"

"是呀,大海。"

在内陆长大的我,从来没有见过大海。真利子见过海,她说小的时候,曾跟家人一起去洗过几次海水浴。

"海边有一家很可爱的游乐园,我跟父亲在那儿坐过旋转木马呢。"

"海边的游乐园?还有那样的地方吗?"

"有呀,我记得很清楚。我坐得头晕目眩,还哭了。"

"是吗？"

"嗯，那之后父亲就给我买了冰激凌。是放在杯子里的甜甜的香草味冰激凌，特别好吃。"

"那小真利你肯定感觉很幸福吧？"

"是啊，因为游乐园就是人们为了变幸福才去的地方。所以，小宽也要去，好吗？"

"嗯，到时候，也带着咱们俩的孩子们一起去吧，一定会很开心吧。"

"有一个男孩和一个女孩就好了。"

"女孩像小真利，手掌小小的，也会叫我小宽。"

"会是那样吗？"

"嗯，会的。"

"那么，男孩就像小宽。性格特别纯真，温柔得让人想哭。真想早点儿见到他啊。"

"嗯……"

* * *

我也曾去练习乘坐电车。真利子陪着我一起走到车站，买好一站路程的车票，我们俩站在无人的站台上，等待列车的到来。我们俩的手始终握在一起。

"小宽，你还好吗？"真利子问我，"你脸色很苍白哦。"

"嗯。光是想着要坐车，我就颤抖得停不下来。"

"我会一直陪着你的，也会一直牵着你的手。"

"嗯……"

不久后，当我看到列车驶来时，紧张的情绪也随之升至极限。心跳加快，全身的颤抖都变得剧烈起来。

"心脏快要跳出嗓子眼儿了。"

我这么说着，想对真利子笑一笑，脸却不听使唤。

我挂着一脸特别僵硬的失败笑容，求助似的看着真利子。她用手指触碰我的胸膛，一瞬间，露出惊讶的表情，可她马上又笑了。为了缓解我的紧张，她开了个玩笑："好厉害啊，小宽。你的胸膛里养着什么呢？像魔术师一样。"

我一个字都没能回应她，只觉得嘴里干渴得不得了，手心也已被汗水浸湿。

列车的速度渐渐放缓，终于完全停下。在响起了拉大板车似的嘎啦嘎啦声后，车门随即打开。强烈的即视感向我袭来，那些栩栩如生的恐怖记忆复活了。预料之中的灼热的不安情绪，毫不留情地鞭笞着我的心脏。

"小宽，怎么办？"她问，"还能上车吗？"

"能……"

"那你看着我的眼睛，其他什么都不要看。能做到吗？"

"能……"

"那,准备好了吗?要上车的,对吧?你看这里。"

我依照真利子所说的,一直凝视着她的眼睛,乘上了列车。真利子湿润的瞳孔里,映出被恐怖扭曲了的我的脸。我们俩站在紧靠车门的地方,等待列车出发。

"不能移开视线哦。"

"嗯……"

很快,发车的铃声响彻站台,那声音恍若一支箭,刺穿了我的胸腔。这股冲击猛烈地晃动着我的身体。

"小宽?"

我们仍旧目不转睛地互相凝视。铃声继续响着,车门马上就要关闭了。车门一旦关上,就再也无法逃出去了。

"小宽?"

永恒一般漫长的时间,又开始了流动。我心中的犹豫反复了千千万万遍,即便如此,我还是难以下定决心。然而——

就在车门关闭的最后一刹那,我拉着真利子的手,从车上跳了下去。不是靠意识,而是我的本能做出了这种选择。

由于用力过猛,我们两个一起倒在了站台上。我的膝盖被猛撞了一下,不由得发出呻吟。

列车缓缓地开始前行,车窗反射的阳光在站台上平静地闪过。我们俩坐在满是裂缝的混凝土地面上,呆呆地望着那番情景。

不久，真利子开口问我："小宽没事吧？"

"嗯，小真利呢？"

"我没事。"

"对不起。"我说。我觉得很惭愧，这一次又失败了。

"真对不起。连这种事都做不了，我为什么会这样呢……"我忍不住落下了眼泪。

"没关系的，小宽。"说着，她将我的头揽进自己怀里。

"别哭了，小宽。坐不了电车，也完全没关系的。小宽你能保持现在的样子就很好，明白吗？"

我像个天真的孩子那样，不停地剧烈摇着头。

"那可不行啊，坐不了车不行。如果连这个都做不到，我就没办法让小真利幸福。对不起，小真利……"

"不要道歉，谁让小宽是个无药可救的笨蛋呢。我已经非常幸福了。这你也不明白吗？"

"可是……"

"没什么可是的，不是吗？好了，不说这个了。怎么样？能站起来吗？"

"嗯，能站起来……"

"那就回家吧？好吗？"

"嗯……"

那次之后,相似的过程又重复过几遍,我终于放弃了乘坐电车。

"就算坐不了电车,我们也能去任何地方。"真利子安慰我说,"因为世界是全部连接在一起的,只要靠我们的双脚去走,不管是哪儿,都能抵达的。哪,你说对吧?"

* * *

空闲的时候,我们就会到农场的森林里去。两个人坐在桂树下,望着那些自树叶间隙照下来的阳光在风中舞动。她的头依偎在我的胸前,舒服地享受着微风。

"哪,小宽。"真利子说。

"怎么了?"

"亲我。"

"嗯,好。"

我轻轻地吻上她的唇。真利子如同啄食的雏鸟一般,一次次地戳向我的嘴唇。她看起来很开心地偷偷笑起来,又缠着我:"还要。"

"还要,亲我。"

如真利子所愿,我将自己的嘴唇一次又一次地贴上她的唇。

那时候的我们俩，会像这样一整天都在亲吻。因为嘴唇互相触碰的次数太多，薄薄的唇黏膜最后都会肿起来，变得又麻又热。

在那样的亲吻之后，真利子定会喃喃道："因为我很幸福……"而那之后的话语，再怎么等都听不到了。

我常常在想，把真利子关在这样狭小的世界里，真的好吗？从不出门到哪里去，也不见任何人，只是时刻陪伴在几乎不会离开家的我身边，单是如此，她看起来就已经很满足了（那段时间，江美子被之前提到过的那位设计师老师选拔出来，去了大城市里的服装工作室就职。因此，很长时间我们都中断了联系。此外，或许该说是理所当然的事，小启也完全不跟我们联络）。

如果我能自由地工作，就能带着真利子去更大的城市。我们能一起去餐厅吃饭，去看电影，还能给她买漂亮的衣服。

然而，我从未开口说过这些。总感觉如果说出来的话，会让她更加痛苦。这些话不过是在发牢骚。

似乎是察觉到了我的这种想法，有一次，她曾这样对我说："小宽，我呀，只要有你就够了。其他的，我什么都不需要。哪，你知道吗？我一直、一直都在盼着这一天。我盼着能在小宽的身边，就像现在这样，我们俩总是待在一起。因为我曾向天神大人祈求过，如果小宽能对我说：'我希望你做我的新娘。'那该是多美好的事啊。所以我已经很满足了，像现在这样，我就很开心了。因为我是世界上最幸福的新娘……"

哪怕我能有普通人那样的志气,她也会过上更加不同的人生吧?又或者,她可以继续学习当年放弃的绘画也说不定,因为她真的很喜欢画画。

但是,真利子从没提过这些事,她只顾将心思全部放在和我一起的生活上,仿佛从最开始她就没有其他选择。

下雨的日子里,我们两个会像小时候一样,互相交换千代纸赏玩。手工制作的钱夹里,放着许多色彩缤纷的千代纸。"如果这些是真的钱……"我这么一说。"那我们就是大富豪啦!"真利子就会接着说道,然后开朗地笑起来。

我们俩还会将森林里捡的大树果实做成陀螺,比赛谁的陀螺转的时间更久。真利子玩得欢蹦乱跳,她笑得特别开心,就像是个小女孩。她的笑里没有一丝忧愁,无拘无束,会让我也不由得跟着笑起来。她笑时的模样就是会让人那么愉快。

寒冷的夜里,我们俩会裹着一床被子一起睡。她的体温让人感觉很舒服,身上散发出水蜜桃似的香甜气味,头发的触感是那么的柔软,她的呼吸都是可爱的。这一切都让我如在梦中。

每当我触碰到她的侧腹时,她就会说:"小宽,好痒啊。"然后扭动着身体笑起来。她躲进被窝的黑暗里,棉质睡衣发出沙沙的摩擦声,她捧腹大笑到眼里渗出了泪,之后,"啊"地长长叹了口气。她的这些小动作很令人怀念,那声音,还有那贴在出了汗的额前的头发,实在是惹人怜爱。

我说声晚安,她应道:"睡眠魔法。"然后舔了我的鼻尖一下。那是像要夺走什么似的,很迅速的一下触碰。真利子看着我发愣的样子,又开心地笑了。她如此孩子般的玩闹,都让我喜爱得不得了。

真利子已经不在人世。直到现在,我都觉得无论如何都没办法相信啊……

我与祖父的旅行

走了一会儿之后，树林消失，我们进入了宽阔的田野间。这附近到处都是杂草丛生的休耕地。田间小路纵横交错，路口处有供奉着地藏菩萨的佛堂。民宅虽然稀疏可见，但哪一家都不像是有人居住的样子。着实是一派凄清的景象。

"在这儿停一下。"祖父说。

"这儿？什么都没有呀。"

"没事，我只是想稍微休息下。"

"嗯，好。"

"爷爷，您还好吧？"野川问道。祖父虚弱地摇了摇头。

"说出来有点儿不好意思，"祖父说，"我害怕啊，害怕看到那个家。看到的话，过去肯定会对我说些什么，就是那些我不敢直视的过去。我不知道自己能不能承受得住……"

"爷爷……"

"再稍微给我点儿时间吧,等到我有勇气了。再给我点儿时间……"

祖父的回忆

真利子怀孕了。当她告诉我这件事时,因为初为人母的期待和骄傲,她变得满脸通红,仿佛是刚升起来的朝阳,闪烁着耀眼的光芒。

"我有小宝宝啦!"她说,"我们的小宝宝!"

我当然也很高兴,只不过并不能高举双手地去高兴。我担心真利子,她的体力并没有完全恢复如初,留在身体里的炸弹碎片也让人有所顾虑。

医生也指出了母体不够成熟的问题。真利子的腰像少女一样纤细,而且骨盆向内闭合。医生说,这样的女性很容易难产。

到底真利子能不能经受得住这么大的考验呢?

那时,我不知道她在想些什么。只是,关于真利子自己的身体,她了解得比我更多。为了将一个小生命迎接到这个世界上,她究竟要下怎样的决心?每每想到这件事,我就会难过得受不了，心像要崩溃一样。

真利子看起来非常幸福，因为变成母亲，她开心得不得了。真利子漂白缝制了尿布，又缝了像手套一般大小的内衣。她还用自己的毛衣拆下的毛线，编织了特别特别小的袜子，以及配套的帽子。

"你看，"她手里拿一件淡蓝色的背心，对我说，"给小宝宝穿的。这么小，很可爱吧。"

"淡蓝色的话，是男孩吗？"

"嗯，是呀。我总感觉是。"

我应她的请求，制作了婴儿床。那是一张使用了扁柏木，跟我们家很不搭调的豪华小床。她用手工剪纸做了一个吊铃，悬挂在小床上方，轻轻一吹就会开始晃动——

* * *

时间的脚步走得飞快。真利子没有出现孕吐反应，肚子里的婴儿似乎也在健康成长。

她会乘公交车去车站前那条街道上的一家产科医院做孕检。

"不用陪我去的。"她说，"妈妈们都是一个人去做检查。"

以真利子怀孕为契机，我买了自行车，是从认识的木材商那里低价入手的二手车。我打算骑着这辆车,跟在她乘坐的公交车后边(因为如果我们一起坐车,她肯定还要照顾我)。

"小宽真是个保护过度的爸爸。你不用那么担心,小宝宝也会健康长大的。"

她这么说着,便开心地咯咯笑起来。

真利子想把怀孕的事第一个告诉江美子。进入安定期后,她马上就往江美子就职的工作室寄去了信(我们不知道她的新住址),但一直等不来回音。

直到后来我们才知道,那时候江美子已经辞去了服装工作室的工作,好像是搬到很北边的一座大城市去了。听说她跟一位文学青年样子的男人生活在一起,靠做类似女招待的工作谋生。一年多之后,她就因卷入争斗而丧命了。

没有收到江美子的回复,真利子感觉很遗憾。

"等小江美知道了,肯定会高兴地赶回来的。"

真利子如此说道,我便安慰她:"嗯,我知道……"

容貌还像小姑娘的真利子,脸上一点儿一点儿地有了母亲的神采。能在她身边看着她的变化,是身为丈夫的我的特权。

她是那么的美。恬静的黄昏时分,真利子坐在窗边,做着手工活儿。她将双手放在凸起的肚子上,灵巧地运着针,偶尔她会停下手里的活儿，静静地看向窗外的夕阳。她的脸颊被染红，拢不起的短发随风摇曳。那画面是任何一位大师都描绘不出的具有神圣美感的女神像。

我将手贴上她的肚子，耳朵也跟着靠近，去确认活在里边的小生命。他正在努力地活着。拼命地跳动着他那小小的心脏，循环着热血，以此认真地对待自己被赐予的生命。

"爸爸，说点什么。"她说。

"你好，"我对着肚子里的小宝宝打招呼，"我是你的爸爸。我盼着赶快跟你见面呢，我会努力成为一个优秀的爸爸。你就放心来这个世界吧。"

仿佛是在回应我的话，小宝宝忽然踢了一脚，吓了我一跳。真利子高兴得嘻嘻笑个不停。

"爸爸他特别英俊哦。你一定会像爸爸一样成为一个好男人。"

"啊？那可有点儿——"

"没关系。"她温和地微笑着，打断了我的话。

"我都这么说了，就是真的。小宽很英俊，比世界上的任何人都英俊，对吧？"

随后她向我伸出手，不出声地催促我："过来。"我留意着不会用力压到她挺着的肚子上，将自己的脸颊轻轻贴上她的脸颊。

"我很幸福……"她说,"能降生在这个世界上真好,能活着真好。能跟小宽相遇,你能对我这么温柔,我就是最最幸福的人啦。总感觉一切都像梦一样……"

她流下的眼泪落到我的脸颊上,又悄悄地滑落下去。

"我会努力的,"她说,"我会努力生出一个可爱的小宝宝……"

我与祖父的旅行

祖父停下话头,之后便一直沉默着。

"没事吧?"

即便我这样问,祖父也什么都没说。

乌鸦的鸣叫声不知从何处传来,高空的云缓缓飘过,低处的云正匆匆追赶上去。雨似乎要来了。

不久,祖父将垂下的头抬起,长长地叹了口气。

"就算是这么幸福的回忆,"祖父说,"也会让我的心伤痕累累,血流不止。我的心为什么这么脆弱呢?我曾祈祷自己能变坚强,可到最后,即便花了一生的时间,我的心愿也没能实现……"

"爷爷您很坚强啊。"我说,"您不是努力地走到这儿了吗?知道自己的软弱之处,还能战胜不安的情绪去完成一件事,这才是真正的坚强,不是吗?"

"小真……"

"我说得没错吧?有我们在呢。爷爷的家马上就到了,您终于又回来了。"

"谢谢,"祖父说,"谢谢你啊,真……"

祖父的回忆

真利子怀孕到第八个月的时候，出现了异常出血症状。我非常惊慌，她却特别冷静。她马上换好衣服，一个人坐上公交车向车站去了。

我骑上自行车去追她。骑到公交车前面时，我就在车站等，等她的车到了再追上去；落到公交车后面的话，就抄近道抢到前边去。

我跟公交车并行，一次又一次地去确认车里真利子的身影。她为了让我放心，总会在这时候微笑着向我挥手。她那苍白的笑脸，就好像是盛开在原野里的一朵花，哪怕是在暴风雨的中心，也不屈不挠地优美绽放着。

真是个坚强的人，我想。她分明应该不安到想哭——

抵达产科医院后，真利子先接受了几项检查，之后医生将我们两个叫到了诊室里。

"放弃这个孩子比较好。"医生说,"情况很严重,照这么下去,母亲也会面临危险。到那时,我承担不了这个责任。"

医生的话给了我们两个沉重的打击。我们从没有松懈大意过,恰恰因为近三个月来,真利子的身体状况都很安稳,我们才感觉更加意外。

果然,要生孩子太勉强了吗……

可是,真利子并没有放弃。虽然医生说的具体内容我们大多都忘了,但在漫长的谈话之后,我们最终与那位医生告别了。

尽管还不知道接下来能指望谁,她的决心却并未改变。我——我心里实在是不安。如果她会遭遇危险,还是放弃生产为好。她的身体才是最重要的。然而,我没办法强硬地对她说出这些话。只要看到她一心想要保护自己孩子的样子,我便无论如何都开不了口。

在产科医院,真利子通过公用电话跟从前信用金库的一位同事取得了联系。她跟真利子面临过相同的问题,但平安无事地生下了一个女儿。她将距离这里两站远的市立医院的妇产科介绍给我们之后,真利子便马上启程赶往那里。

我也骑上自行车去追她。

我逆着夹杂了雨滴的风,蹬了两个小时的自行车。抵达医院时,看到了喜极而泣至满脸通红的真利子。

"没事了，小宽。"她说，"医生跟我说：'一起努力吧。'咱们可以当爸爸妈妈了！"

真利子在医院住了三天，直到身体状况稳定下来才回家。

那之后直到足月为止，她都尽可能地静养着，也会按时去做检查，并绝对认真地遵从医生的指示。

接近预产期时，真利子提早住进医院，为生产做准备。她的肚子鼓得很大，就像是吞下了满月一样，闪烁出皎洁的光芒。

"要生了吧？"我问道。

"再等等，很快就能见到我们的宝宝了……"她回答说。

* * *

生产比预想中要困难得多。四十八个小时，真利子一直躺在分娩台上努力着。有许多次她都失去了意识，为了把她救回来，医生们用了好几支强心针，又大声地呼唤她，有时甚至会拍打她的脸："加油！你要当妈妈啦！"

真利子那实在不成熟的母体，正在濒临毁灭的边缘抗争。在朦胧的意识深处，她看到她小小的深爱着的孩子，正走在波光粼粼的水畔。他将手伸向天空，像是想要抓住些什么，他那天真无邪的脸上，浮现出满面笑容，发出愉快的笑声——

无论如何都要把这个孩子带到这个世界上。真利子以自己的性命为抵押，完成了一项交易。对方是认识所有人类的生命看守者，契约成立之后，我们的孩子便得到了保护。

她徘徊在深渊的边缘，终于完成了自己身为母亲的第一项工作。

我在分娩室外，等候了整整两天。那期间的记忆全都不记得了，即便听到优治的第一声啼哭，我仍然觉得难以置信。直到被告知他们母子平安时，我才终于将屏住的呼吸吐了出来，就好像是我自己刚刚被生到这个世界上一样。

我松了一大口气。比起高兴，我感受到更多的是安心，无限的安心。感谢的情绪忽然在我心中涌起，我哭出了声。我最重要最珍贵的两个人都被保护着，这件事让我高兴。我高兴得想把全世界的人都感谢个遍。

那个瞬间，是我人生中的顶点。对我这样的人而言，那真的是美好到令人惶恐的瞬间。

等了很长时间后，我终于被允许跟他们俩见面。他们俩的身影恍若梦一般朦胧，大多都没能留在我记忆里，当时的我似乎光顾着哭了。

被淡淡日光笼罩的母子像，正在我涸湿的视线的对面，悄无声息地活着。

我跪在真利子的枕边,她将我的头轻轻抬起,温柔地低语道:"没事了,小宽。已经没事了,你别哭……"

这就是我还没有忘却的最后的记忆。

我与祖父的旅行

我们继续上路。也不知从什么时候起,天空已经完全被云遮住。偶尔吹来的西风中,还混杂着些雨水的气味。

荒废的田园风景之间,四处可见小山似的隆起的杂树林。这一带的树木多为枹树和柞树,跟刚才走过的杉树林给人的感觉有所不同,更显亲切,又莫名地令人怀念。

我们走进了其中的一片杂树林,沿着被凿开的山路似的小径向前。脚下是不知积了多少层的落叶,腐叶土潮湿的气味飘来,枝头的小鸟们正在忙碌地鸣叫。

树林的最深处,有一座小小的祠堂。只见浓重的绿色中,孤零零的一点朱红色立在那里。

"那是稻荷神①。"祖父说。

---

① 日本神话中的谷物和食物神,主管丰收。

"好怀念啊……从前我常来这里祈祷。那个时候，我总在祈求真利子的健康。可到最后，愿望也没有实现……"

"穿过这片树林就是我的家了。"祖父告诉我们。

"马上就到了。终于，回来了……真是一段好长好长的旅程啊……"

不久，我看见小径的远处出现了淡淡的光亮，那便是杂树林的出口。我们的目的地就在那前方。

"准备好了吗，爷爷？我要推车了哦。"

"嗯，走吧，我准备好了。"

我们走出了树林，像是绿雾忽然放晴一般，视野突然开阔起来。

远处是一片小村落，破败的民宅彼此间隔着一些距离，断断续续地排列着。不管哪一家看起来都像是空房。

"爷爷的家是？"

"那里。"他伸手指向的是最靠近我们也是最小的一间破旧荒废的房子。

"还在呢。"

"是啊……"

开始下雨了，是飘摇而落的蒙蒙细雨。

我们穿过满是野草的土路，在那间荒废的房子前停下了脚步。没有围墙，也没有栅栏，房子修建得实在是简朴。小小的主屋旁，有一处算不上是厢房的小屋。屋顶薄薄的瓦片到处缺失脱落，高低起伏着，还有野草夹杂而生。木板墙上也尽是窟窿，拉门上的磨砂玻璃大多都已经破裂。

祖父慢悠悠地从自行车上下来，朝着主屋走去。他像在确认脚下的路似的，一步又一步地用力前进，向着这漫长旅程的终点。

仔细打量后我才发现，杂草丛生的院子里，还留着低矮的竹篱笆遗迹。那是祖父制作的篱笆吗？那竹篱笆是很久以前还是个年轻人的祖父的梦想遗迹。只要一抱紧就会破灭，像肥皂泡一般稍纵即逝的梦……

我们跟在祖父身后，走进院子里。

祖父伫立在家门前，他瘦弱的背颤抖着，似乎在盯着什么看。

视线的前方是钉在门口一侧柱子上的陈旧的门牌。整块牌子被浸染成淡淡的墨色，上边的文字虽然几乎已经看不清楚，但这块祖父亲手悬挂的门牌，经历了漫长的岁月，一直默默等待着主人的归来。

"这里是你的家，是你归来的地方。"没错，那块名牌似乎在说着这些话，"欢迎回家……"

祖父用颤抖的手指轻抚着门牌上的字。大泽宽太、真利子，以及优治。

啊——祖父冒出这么一声,野川立马扶住了快要倒下的他。

"没事吧?"

"啊,谢谢……"

"真,"祖父唤起我的名字,"能帮我打开这扇拉门吗?我好像怎么也拉不开。"

"嗯,好。"

我走到他们俩的前面,研究起了那几乎只剩下木框的拉门,我双臂使足了劲儿往一边拉,但那门纹丝不动。似乎是丛生的杂草在碍事,试过几次之后,我放弃了这个方法,又抓住木框的两边,试着前后摇晃。坚持了一阵儿后,拉门终于发出些沉闷的声响,掉了下来。

我将掉下来的拉门靠在另一扇拉门上,给祖父让出了路。

"好了,这下能进去了。"

"谢谢……"

屋里光线昏暗,祖父一踏上水泥地面,便站在原地。他没有说话,只是沉默地凝视着屋子里的一切。屋子里的空间小得惊人,但曾经有一段时间三个人一起生活在这里。一想到这里,我总感觉有些不可思议,那场景就像是过家家一样。

小小的衣柜、碗柜、断了脚的矮饭桌,还有放在房间角落里的那张木制婴儿床。

我看祖父想走到榻榻米上去,便扶了他一把。榻榻米上积满了灰尘，有好几处地方长出了杂草和蘑菇。

祖父摇摇晃晃地走到婴儿床前。突然，他像摔倒了似的跪在那里。他抓住满是蜘蛛网的床框，从床上抓住些什么，轻轻贴上自己的脸颊。

我仔细一看，那是小鸟的剪纸，是坏了掉下来的吊铃碎片。剪纸在祖父的手指间变得粉碎，碎片自指尖掉落下去。

"小真利……"祖父说，"对不起啊，对不起。原谅我……"

祖父哭出了声。他开始全身颤抖，像只受伤的野兽，流着泪发出悲伤的叫声，仿佛是心里某处的堤坝突然决了堤。

祖父仰起头，脸上的表情完全扭曲着，微张的薄薄嘴唇之间，露出小火苗一般的红色舌头，他在放声大哭。

这几十年间积攒下来的痛苦和悲伤，好像都随着他的叫喊一起被倾吐而出。

我们不作声地凝视着祖父。此时此刻，什么都不说为好。就让悲伤以悲伤的形式释放，我们需要做的只是接受它。

祖父的恸哭像是永远都不会结束，不知持续了多久，直到它变成了拖着长调的啜泣，不知不觉又变成了啜泣的余音似的抽噎声。

"啊，"祖父发出颤抖的声音，"回忆复苏了。那些失去的日子又回来了。我们在这里拼命活过，虽然很短暂，但我们竭尽全力地爱着彼此，心意相通……"

祖父用他那满是皱纹的拳头拭去眼泪,发出声响地咽下唾沫。

"不管那些记忆多痛苦,都是我的财产。为了找回它们,我回到这里。我再也不会忘记那些日子了……"

"爷爷,"野川轻轻地搭话,"您回忆起来了?"

祖父慢慢地看向她的脸。他满是泪水的脸上,露出微笑。

"很久以前……这儿啊,生活着一对节俭度日的夫妇……"

祖父的回忆

是啊，那已经是很久很久以前的事了……

我回想起了真利子的那双眼睛。她憔悴凹陷的眼睛，在房间微暗的光线中闪着隐约的光，一动不动地凝视着我。那双眼睛就像是湿润的黑珍珠——

对，就是在那里。在我做的衣柜前面，铺着被子，真利子一直在那里迷迷糊糊地睡着。她产后的恢复情况很糟，从医院回家之后的一段时间，她几乎成日都在躺着。宝宝——那时还是宝宝的优治，是个特别乖的孩子，一直安静地睡在真利子身旁。

我把木工原料带进主屋，一边照看她和优治，一边工作。就是在那时候，我忽然发现，真利子睁开了眼，她正目不转睛地看着我。

"别勉强自己啊。"她说。

"没关系。"我答道，"没有勉强。"

因为生孩子和与之相关的各种开销，我们的存款全用光了。又因为缺少真利子这个帮手，我工作的效率也降低了许多。

还有一件事我没对她说，一位大客户只支付了约定货款的一半，这对我们来说也是不小的损失。交货晚了几天，家具上有小伤痕，他们以这些事为由，不肯支付余款。而我没有任何话可以反驳。

原因不止这些。在买卖人看来，我实在是个容易对付的绝佳的欺负对象。

家里的经济状况陷入窘境。

所幸真利子的奶水充足，我们省下了奶粉钱，却没有给她买大米和蔬菜的钱。我自己饿肚子也无妨，但绝不能让她和孩子挨饿。我拼上了性命，挤出睡眠时间埋头工作，但不管什么时候，钱还是不够用。

应该就是在那个时期吧，我们开始跟隔壁的老夫妇进行简单交流。作为同样沉默寡言、待人冷淡的人，在此之前，我们之间几乎只有打招呼程度的交往。是优治带来了改变。

那对老夫妇有四个孩子，却都先于他们去世，非常令人同情。过去有许多当父母的人都是白发人送黑发人。贫困、疾病、战争，这一切将孩子从父母身边夺走。

他们特别疼爱优治。由于两个人都很客气，在我们催促过后，他们也总是要"可以吗？可以吗？"地确认好多次，才会抱起优治，很开心地哄着他玩儿。他们两个一起探头瞅着优治的脸，用自己满是皱纹的手小心翼翼地触碰他的红脸蛋，然后两个人互相看看对方，一齐微笑起来。

他们一定是从优治身上，看到了自己逝去孩子的影子吧。

他们夫妇两人的生活也只是好不容易才能勉强糊口的程度，但他们从自己仅有的农产收获中，毫不吝惜地分给我们白薯、萝卜，甚至还有黄瓜什么的。

作为回礼，我帮他们修理好了家里的屋顶（严重的漏雨一直烦扰着他们）。虽然我知道这些还不足以作为回报，但还是忍不住想为他们做点儿什么。

他们的名字是什么来着？我已经忘记了。他们是两位不善言辞、忠厚老实的老人。太太跟先生很像，也是个沉静的人，两个人看起来就像兄妹一样。如果没有他们，我跟真利子的生活恐怕早就过不下去了吧。

尽管我们的生活过得紧巴巴，开心的事当然也有不少。

比如——比如我回家后的一小段时间，真利子会背靠在我身上，给孩子喂奶。因为她还无法独自撑直身体，优治也不喜欢她侧躺着喂奶，故而就变成真利子靠在我身上。越过真利子的肩膀，我能看到正在吃奶的优治，那感觉就像是我自己在给优治喂奶。

真利子自豪地挺起她那少女似的小巧胸脯,雪白的肌肤上,淡青色的血管像叶脉一般浮现。那光景闪耀到晃眼。

直到现在我还能回忆起来母乳的甜香气味、优治不急不忙的呼吸声,以及真利子后背的温度。一切都像梦一样。

"感觉太幸福了,我想哭。"我说。

真利子轻轻转过头,贴着我的脸:"小宽真是个爱哭鬼。宝宝也会变成这样吗?"

"会吗?希望他不像我……"

* * *

如我所愿,优治不像我而像了真利子,变成了一个爱笑的孩子。

他笑起来的样子实在是太开心了,我们俩彻底着了迷,就像是中了毒一样。因为想看到他笑,我们俩总是在逗他。

也不知为什么,我一打喷嚏,优治就高兴得不得了。他将还没长出牙的小嘴张到最大限度,发出尖锐的咯咯的笑声。由此,我一天到晚地总在打喷嚏。

而且——对了,我想起来了,真利子总是会对优治念一些咒语似的不可思议的话。

我记得,大概是这样念的:

　　拍拍手拍拍手,啊哇哇,转呀转,转呀转,鱼鱼的眼①——

我问她唱的是什么,却反叫真利子觉得奇怪:"你不知道吗?"

"妈妈一直这么唱着陪我玩儿,小宽你没听过?"

"不知道啊,我不记得。"

优治也非常喜欢这些。真利子一边说着"拍拍手拍拍手,啊哇哇",一边将手遮上他的嘴巴,这仿佛成了一种信号,优治随之就会嘻嘻地笑个不停,就好像已经等不及要开始笑了似的。

　　拍拍头,碰碰肘——

啊,我怎么会把这么重要的回忆给忘了呢?曾经有过那么幸福的时光,一家三口一起生活的那十一个月,我怎么会忘记呢……

---

① 这是母亲跟小宝宝一起活动身体玩耍时所唱的儿歌,早在日本的江户时代就已经出现。

真利子的摇篮曲让人难以忘怀。

当她在优治身旁陪着他入睡时，就会用她那柔和可爱的声音唱起来。

睡吧睡吧，快快躺好，快快睡吧。我的好宝宝，睡吧睡吧——

那一晚也是如此。睡不着的夜里，真利子悄悄钻进我被窝里的青色身影。那时她也唱了这首歌。她轻轻地梳理着我的头发，用微弱而颤抖的声音唱着，就好像是在呢喃着爱，其中是无限的温柔——

她就是我的全部。是朋友，是妻子，有时还会变成母亲，让我得到歇息。

可是，为什么我必须跟自己深爱的人那么早就分离呢……

* * *

真利子勉强着自己，很快重新开始做我的工作帮手。这是因为她发现家计陷入了窘境。她是受不了自己什么都不做，只是躺着吧。

可是，真利子太心急了。她的视力变得非常差，几乎什么都看不见。于是又暂时开始了休养。

听说这种情况是因为缺乏维生素,我为此四处奔走,可到最后还是凑不够钱,什么都买不到。那时农场的森林里长出了山葡萄,我便摘回来给她吃。

也不知道这对她的身体能有多少帮助,不过一个月之后,真利子变差的视力慢慢得到了恢复。虽然只能一点点地做,但她可以起床,可以做一些家务,并给我的工作打下手了。

"我没事哦。"她说,"已经没事了。"

我觉得像是刚刚翻过了一座大山。我们闯过来了,从此以后,一切肯定都会变好的。眼下,整个社会都处在好的发展时机中,不可能只有我们被排除在外。很快我们就会摆脱这样贫困的生活,过上不必担心挨饿,能期盼明天早点儿到来的日子。

日子简朴些也无妨,只要我们一家三口能彼此依靠,生活在一起……

然而,在冬天的某个早晨——

* * *

真利子好半天没有从被窝里起身。我去问时,她才说是觉得头晕。我马上不安起来,感觉有一种不可捉摸的恐惧正从我的肚子深处猛冲上来。不能置之不管,我想。

"去医院看看吧?"

"那也太小题大做啦。"

"不是小题大做,因为你的身体还没有完全恢复啊。"

真利子不肯答应,我坚持说服她。也许,她自己也感觉到了些什么。

过了一会儿,她说:"那就去生孩子时去的那家市立医院吧。"

"先去给你看病的医生那里看看。可能跟眼睛的问题一样,都是生孩子造成的。"

"嗯,好,就这么办吧。"

那天特别的冷。虽然没有下雪,浅灰色的云却沉沉地笼罩着天空,到处都看不到一线阳光。

我拜托了隔壁的老夫妇,把优治送到了他们家。他们很痛快地答应了。

"太太没事吧?"老先生问我。

"没事,我想应该是缺乏营养。"我回答。

真利子穿了好多件衣服,正站在家门口等我。我让她坐在自行车后边的货架上,急匆匆地往公交车站赶去。如果天气再暖和点儿,也许我能载着她骑到医院去。但现在这气温,骑自行车载她反而会对她的身体不好。

"冷吗？"我问。

"没事的。"她说，"小宽你真是爱操心，我没事。"

"嗯，那就好。但是保险起见，我再问问。"

跟之前一样，她一乘上公交车，我就骑着自行车追在后边。我的心里喧闹起来，像是有什么找不到出口的东西，正发狂似的催促着我。

真利子透过公交车窗，向我挥起手。我点着头，想竭尽全力用目光去鼓励她。但这并不容易，我快要哭出来了。

她模仿着哄逗优治的样子，用双手轻轻拍打着自己的头。

拍拍头，碰碰肘——

我在脸上挤出生硬的笑容，为了不让她看到我的眼泪，骑车超过了公交车。到头来，被鼓励的人一直都是我。

抵达电车车站后，我陪她一起走到了检票口。

"感觉怎么样？头晕吗？"

"没事的，别担心。"

"车票钱够吗？回来的车钱也有吗？"

"你放心吧。"

"医院的费用……"

"应该可以晚些再付，我找医生商量一下。"

"嗯……"

不久后电车来了,真利子对我说:"那,我走了。"

"嗯,我会在这儿等你。"

"在这儿?"

"我想在这儿等。"

"那我得快点儿回来了。对吧?怕寂寞的小宽。"

"嗯,快点儿回来。"

"我知道了……"

穿过检票口,走向站台的真利子的背影,是那般惹人怜爱,又让人感觉虚幻缥缈。我真想追上去把她带回来,但我努力忍住了。这又是我常犯的过度担忧的毛病,这不过是杞人忧天,我如此劝慰自己。

无花果叶形状的烧伤痕迹,失去的小脚趾,盘踞在她身体里的小碎片——

一切都已经成为过去,现在已经再没有什么可害怕的了。没问题,一定没问题的。

电车一出发,我就跑到车站外去追她。我装作若无其事,在脸上扬起浅浅的笑容,好让自己看起来并不严肃和小题大做。

她看到我时,大大地挥动起手臂。那是孩子才有的天真无邪的举动。我也安静地挥手回应着她。

她的笑容渐行渐远,不久就变成一个小小的白点消失了。我回到车站里,坐在长椅上,开始等待她的归来——

* * *

我在车站等了四个小时。不安的情绪越来越强烈,我努力压抑着这种担心,等待她回来。

就是在这个时候!忽然,我的耳边响起一个声音。

那是真利子的声音。小宽。她在呼唤我的名字。

也许这就是所谓的预感吧?总之,那一定就是真利子的声音。我已经受不了在车站一动不动地等待了,不安的情绪终于越过堤坝,满溢了出来。

我跨上自行车,猛蹬起脚踏板,向着两站之外的车站,全力飞奔……

从前要花两个小时的路程,这次我只用了一半时间就走完了。因为骑得太猛,差一点儿就要到达目的地时,自行车先承受不住了。先是后轮爆了胎,但我还是硬往前骑,没多久内胎就从车轮里掉了出来。没办法,我只能靠自己的双脚继续走到车站。

我一点儿不觉得辛苦,就好像自己的身体消失了一样。不过,唯有我挂念着真利子的心变成了风,在原野上飞奔——当时我就是这种感觉。

事实上,我气喘吁吁,被汗水和泪水浸湿的脸也变了形,只能勉强地摆动着已经不听使唤的双腿——我当时的状态已经如此严重。

一到车站,我就去向站在检票口的中年站务员打问情况。我描述了真利子的外貌装扮,问有没有这样的女性来过这里,站务员马上就回想了起来。真利子跟其他女性有些不同,因而会给见过她的人留下强烈的印象。而且,她还跟站务员说过话。

"她问了我去医院的路。那么远的距离,一般是要坐公交车的。所以我就让她去坐车,但是她说不坐车,要走着去。因为公交车的路线会绕远,她问我有没有更近的路。"

"所以,她走了那条路?"

"啊,应该是吧。因为那条路很荒凉,很少有人走,我还提醒她要小心。"

我的心要裂开了,真利子连那一点点公交车钱都舍不得用,步行去了医院。这么冷的天气,身边连个陪着的人都没有,只有她一个人。

她心里一定很不安吧,一定很难过吧。而让她遭受这些的人正是我。

"还没见她回来吧?"

"是啊,我是没看见。"

听站务员告知我那条路怎么走之后,我即刻跑出了车站。

如他所说,那是一条荒凉的田间小道。不过,它也是通往医院的最短路线。应该用不了三十分钟,站务员说过。

镇子外边是宽广的无人问津的森林,道路要从其中穿过。我拼命地跑过那条隧道似的昏暗小径,不安的情绪让我几近发狂。希望她平安无事,尽管我如此祈求着,涌上心头的不好预感,却是无论如何都抑制不住。

树林消失之后,一片谷地出现在眼前。狭长的巴掌大的田地和长着芦苇的沼泽地,向着远方绵延不绝。

脚下变成了碎石子路,在小石子上行进很困难,有好多次我都险些摔倒。不知什么时候,开始飘起了雪。似乎是被冰冻住的沉寂,重重地笼罩在地表,将世界的色彩全部夺走。

这是一段一个行人都遇不到的孤寂旅途。昏暗、阴沉,过于寂寥。

走了一段时间后,路的前方出现了一间快要倒塌的小屋,或许是农具存放处之类的地方。

靠近之后,我看到屋子里似乎有人在。大敞着的门口最深处,有人正蹲在那里。我看到了眼熟的人造纤维外套,附带装饰的红色靴子。

"小真利?"

我站在门口呼唤,立即有一个很低的声音回应道:

"小宽？"

"小真利！"

我跑进屋子,紧紧拥住抱膝而坐的真利子。她的身体像冰块一样,凉透了。

"对不起,小宽……"

"为什么道歉？"

"让你担心了……"

"别这么说。对了,还头晕吗？"

"还有一点点,"她说,"我走着走着感觉不舒服,就在这儿休息一下……"

"没人路过吗？"

"有农家路过的,我说还要在这儿休息一会儿,人家就走了……"

"啊！"

"你别生气。"

"我没生气。只是,感觉自己太没出息。如果我能陪你一起来,就不会出这种事。"

"这不是小宽的错啊。每时每刻都在一起,这种事谁都办不到的……"

"总之,先去医院吧。好吗？"

"我想回家……"

"不行啊，必须先去医院。"

我背上真利子，快步往前走。

"小宽的背，好温暖啊……"

"冻坏了吧？对不起啊，让你一个人受惊了。"

"才没有，小宽这不是来了嘛。我喊过你哦。小宽、小宽，像这样好多次。"

"嗯，我听到了。"

"真的？好厉害啊，小宽。"

"这没什么了不起的。只要是所爱之人的声音，不管相隔多远，都能听得到。"

"特别特别远也能听到？"

"嗯，特别特别远也听得到。"

"我也能听到吗？小宽的声音。"

"嗯，大概可以……"

"哪，小宽。"她说。

"嗯，怎么了？"

"我啊，跟神明大人有个约定。"

"约定？约定什么？"

"请他帮帮我的孩子……"

"嗯，是吗。所以优治生下来那么健康。"

"优治是个很好的孩子，是我们的宝贝，所以——"

"嗯，所以？"

"我想，我一定是该走了……"

我的心脏在胸腔的深处紧紧地揪了一下。

"什么意思？"

"因为那就是约定。"

"约定？那也太奇怪了。"

"嗯，但就是那样。这是注定好的事。从那些小小的碎片进入我身体的时候开始，就已经注定好了……这些我早就知道的，虽然不清楚原因，但我就是知道……"

"对不起，小宽。"真利子说，"我明明知道最后会变成这样，可就是对小宽怎么也开不了口……我多想跟小宽永远在一起……原谅我吧……"

* * *

两天之后，真利子走了。

医生说，其实从很久很久以前，她的身体就已经开始出现问题。这次不过是个导火索，即便没有生孩子和这次的头晕，总有一天——

我想，真利子一定很痛苦吧。即便如此，她还是隐藏起那些情绪，坚强地生活着。哪怕是放下自己的事，她也要为我的身体担忧。这就是真利子。

就连最后的那些日子里,她也是如此。

直到最后,她一句抱怨的话都没说就走了。

在医生的催促下,我跟她最后应该见面的人一一取得了联络。

她原谅了姑父,也安慰了因自责而号啕大哭的姑姑。她对表哥们说着感谢,脸上还扬起笑容。

绘画教室的老师夫妇也来了,他们两个一直在哭。而这次安慰人的一方,还是真利子。隔壁的老夫妇在照顾优治的同时,始终给予我支持。

我们到底是没能联系上江美子(其实就在一个月之前,江美子已经离世。但是在当时,就连她的家人都还不知道这件事)。

小启没能赶上见真利子最后一面。收到消息后,他马上就从大学的宿舍出发前来。然而,因为下雪,火车无法行进,等他赶到时,真利子已经不在了……

慌乱的时间流逝着,而在此期间,真利子的身体越来越衰弱。盘踞在她身体里的小小碎片,夺走了她与病魔抗争的气力。

很久以前,遥远之地上的某个人曾期盼过这种结局。憎恨会追随人到天涯海角。在祈求着微小幸福,只希望过上合乎身份的俭朴生活的人们之上,憎恨如肮脏的雨一般,倾盆而下。那是永不会停止的雨,现在它依旧在不停地下着——

* * *

很快,只属于家人的时间突然到来。如此不可思议的空白,仿佛是有人专门为我们的告别而准备好的一般。

我抱着优治,坐在真利子枕边的椅子上。那时,她才刚刚睡醒,用有些涣散的目光看着我们。

"优治在啊。"

如此说着,她的脸上浮现出喜悦的表情。

我将抱在怀里的优治凑到真利子身边,她便用手指轻轻地碰了下优治的红脸颊。"好柔软呀。"她说着,右眼角处一下子落下一行泪。

"优治,"真利子微笑着,同时也流着泪,"要像爸爸一样,成为一个温柔的人呀……我们的宝宝一定会有一个精彩的人生。妈妈知道的,一定没问题。你会遇到很好的人,会拥有很多幸福的回忆。连妈妈的份儿一起,活得久一点儿再久一点儿吧,爸爸是个孤独的人,你要多支持他啊……"

什么都不懂的优治,因为妈妈久违的抚摸而高兴起来,笑出了声。

"你就是我的命……哪,优治,为了见到你呀,妈妈,非常、非常地努力……不过,妈妈的努力没有白费,因为妈妈心里感觉是这么的温暖,就像是在向阳地里午睡一样。能生下优治,真是太好了……虽然你肯定会忘记,但妈妈一定要告诉你……感谢你能来到我们身边。能选这样的我做你的妈妈,真的谢谢你……"

"小真利……"

"小宽,优治就拜托你了……你要像对我一样,也给宝宝很多的温柔啊。"

"小真利,可是……"

"哪,小宽,"真利子说,"我们,很努力了吧?"

"嗯……"

"我们,拼尽全力活过吧?不管什么时候,我们都没有一丁点儿吝惜地努力爱着彼此,对吧?"

"嗯,是啊……"

"所以啊,"她说,"小宽,我求你,别为我们做过的事后悔。我们只是诚实地活在自己的爱里……因为我一直、一直都想成为小宽的新娘……从我们两个相遇之后不久哦。那个时候我心里就决定好了,要成为这个人的新娘……不可思议吧?那时我还是那么小的孩子。但我就是知道,我会一直待在这个人身边……"

"是这样吗？"

"是啊，请原谅我的任性吧……我留下孤独的小宽，一个人先走了，但你别生我气……"

"怎么可能生气？"我说。我本想着不能哭，可眼泪它自己流了出来，落到她的枕头上，留下一块青色的污点。

"我这个样子才该道歉。如果我不是这么胆小的人，就能让小真利过得更幸福。我们的生活也不会这么贫穷，你也能像普通的妻子一样打扮得漂漂亮亮，我们还能一起坐电车去海边的游乐园……"

"不，"她摇起了头，"那些我全都不要……我只要有小宽在，就幸福到快要哭出来了。小宽只要做小宽自己就可以，不变得更强也没关系……我最喜欢温柔的小宽了，从不会去打败谁……总是让着大家，让着，一直都让着，就算最后什么都不剩，也没什么不可以的吧……因为就算是这样，我们的爱也绝对不会消失，对吧？"

"小真利……"

"哪，小宽……"

"嗯……"

"如果有来生，你还会跟我这样的人在一起吗？"

"当然啊，我绝对会再找到小真利的。"

"不管相距多远？"

"不管有多么多么远,我都会找到你的。"

"那,我们约好了。"说着,她向我伸出了小拇指。我将自己的小拇指跟她的绕在一起。

"拉钩上吊,一百年不许变。"她用微弱而嘶哑的声音唱着。

"感觉一放下心就想睡觉了。"她说。

"有没有什么想吃的?"我问道,"我有钱,所以你别顾虑,说吧。"

听我这样说,真利子的脸突然亮起来。

"那,我想吃橘子罐头。"她说。

"我就知道。"我说,"小真利你真的很喜欢橘子罐头啊。我知道了,这就去给你买。"

我在真利子冒着汗的额头上吻了一下,抱着优治,走出了病房。

这成了我跟她之间最后的对话。真利子就这样睡了过去,再也没有睁开双眼。

她的睡脸像是在微笑一样,那样惹人怜爱。一定是做了个好梦吧,我当时想。没有憎恨,也没有争斗,她的梦里一定充满了温和的气氛,我这样相信着……

我与祖父的旅行

我们从主屋出来后,往院子的北边走去,那里耸立着一棵很大的树。那棵大树长得非常壮观,树枝从笔直生长的粗壮树干上向四面八方延伸,树梢上长满了深绿色的叶子。

祖父轻轻地抚摸着树干,用颤抖的声音发出"啊"的一声。

"那棵小树苗,都长这么大了……"

"这个吗?"我问道。

"这是真利子种的。优治出生后不久,她就把花盆里长出来的小苗种到了这里。"祖父回答说。

"这是什么树?"

"你觉得是什么?"

"不知道,树看起来都一个样子。"

"是啊,我当时也不知道。我问过真利子,但她没有告诉我。好像是在农场里捡的那些树种里,有一颗发了芽。我一问她是什么树,她就说不告诉我,说等有一天它长大了,就知道了。"

"这可能……"野川开了口,"是罗汉柏吧?"

"罗汉柏?"我回问道。她轻轻点了下头。

"只是可能,我之前在读《罗汉柏物语》[①]时,查过一些资料。里边的罗汉柏是个成天想着'明天变成扁柏吧,明天变成扁柏吧',但最终也没能成为扁柏的可怜的树……"

"没错,"祖父说,"这就是罗汉柏。真利子离世之前,给我写过几封信。其中一封里边写到过这棵树的事。她是这么写的……"

　　——小宽,还记得吗?那是我们结婚之前的事了。有一次,小宽跟我讲过罗汉柏的故事,对吧?"变吧变吧,明天就变吧,明天就变成扁柏吧。"你说那故事讲的就是你自己。不管祈祷多少次,都无法成为扁柏的可怜的树,它总是让你想到自己。

　　确实如此啊,不只是小宽,我也是这样。我们绝对不会变成其他人。我的身体已经变成这样,这是再怎么祈祷都不会改变的。

[①] 井上靖的长篇小说作品。罗汉柏的日语名称"あすなろ"的发音,和"明天变成……吧"的发音相同。

哪，尽管我们俩无法成为优秀的人，但我们还是走到了一起，彼此鼓励着，拼尽全力地活过来了，不是吗？这真的是很悲哀、很悲惨的事吗？不是的，对吧？我们不是也曾那么努力地发过光吗？我真的特别、特别幸福。

我希望有一天小宽你能明白这个道理，所以我才在院子里种下了罗汉柏的树苗。几十年之后，当你抬头仰望这棵树时，一定会被它高大的样子吓到吧。

其实，我是想在那个时候，站在你的身边，骄傲地对你这么说：

"小宽，你知道吗？这是罗汉柏哦。就算是罗汉柏，也能长得这么高大。哪，它根本不是该被抛弃的东西，对吧？所以，我们俩也是不输给任何人的了不起的夫妇。这是属于我们的树，它就是我们一家人的样子，我们就是这样笔直地活过来的。虽然并不像扁柏，但我们也拼命地向着高高的天空，尽了最大的努力在把手伸得更远——"

而且，去盼望些什么，那种感觉很好吧？

盼望和祈祷这件事本身，一定非常珍贵。即使愿望没有成真，一心一意地始终想着一件事的行为，已经是人生给我们的报酬了。这就好像爱一样，对吧？想着，想着，一直想着。哪，如果我们所盼之事真的实现了，那一定就是奇迹吧。

那感觉是不是就像跟神明心意相通呢？只是想想，我的心里就高兴得打战呢。

所谓的幸福，就是这么回事吧？哪，小宽，你不这么认为吗？

* * *

祖父让我和野川站到了罗汉柏前，给我们画下了一幅速写画。这就是我们在这趟旅行中做的最后一件事。

我们又花了两个小时，回到了医院。

母亲的朋友（之前提过的办结婚典礼的人）开着小型货车来医院接我们。她是一位雕刻家，这辆车似乎是用来搬运大型作品的。

我把坏了的自行车放到货箱里，让野川坐进副驾驶位。

"真是趟愉快的旅行啊。"她说，"等回去了，会给我看你的小说吧？"

"嗯，会的。还请手下留情。"

"放心吧,我对男朋友是很温柔的。"

"咦,是吗。"

"喂,你过来一下。"

"嗯?"

她向我招手,我刚把脸靠近她,她就在我的脸颊上吻了一下。温暖幸福的余韵留在了我的脸上。

"再见啦。"

"嗯,再见。"

货车开走后,只剩下我和祖父两个人。

我把红色头盔递给祖父,对他说:"走,回家吧,大家都等着您呢。"

祖父的房间

我揭下贴在墙上的那幅画,拿到面前仔细看起来。

那是刚刚从朋友变成恋人,天真无邪的两个人。虽然这张速写画画得粗糙,但那个时候的空气,甚至连同藏在我们心中的感情,仿佛都被描绘进了画中。

真令人怀念啊。自那以后,十多年的时光已经过去,我也结了婚,为人父母。让祖父抱上了曾孙,我也算是尽孝了。

第一次抱着我们的女儿时,祖父流着泪,说了这些话:

"那是很久很久以前的事啦。一位女性拼上自己的性命,把我的孩子迎接到这个世界上。所有人都说太危险,反对她生下那孩子,但她从不气馁。即便是在生死边缘徘徊了两天两夜,她还是努力到了最后,终于将一个小生命带到这个世界上。

"不久之后,她就离开了这个世界。可是她留下来的生命开枝散叶，结出丰盛的果实。生命彼此相连，相貌代代传承，爱绝不会枯竭……"

生命之轮循环往复。很快我的女儿也会长大，会爱上某个人，然后又会将一个新的生命迎接到这个世界上吧。

再一次环顾四周，我才发觉，房间里到处摆放着惹人怀念的物件。

被钉在墙壁正中央的是真利子制作的马赛克图案的翅膀。那对翅膀像在胸前交叉摆放的两只手一样，呈现出颇具美感的对称。

摆在架子上的大概就是那个用小鸟剪纸做的西洋景，它的旁边并列放着两个用千代纸制成的钱夹，还有用大树果实做的陀螺和人偶。

祖父带着我的父亲离开那个镇子时，没有带走任何一件能称得上是家产的东西。他只是把这些充满回忆的物件装到自行车的货架上，背着还是婴儿的父亲，朝着一片崭新的土地去了。

这很像祖父的风格，我想。因为他的价值标准确实与普通人有些偏离。

放在桌子上的番茄罐头瓶里，插着许多支铅笔。每一支笔的笔头处，都像月球表面似的凹凸不平。看来，祖父咬笔的习惯一辈子都没能改掉啊。

番茄罐头瓶旁边摆放着一个看起来有点儿高级的四方形的曲奇盒子。它着实吸引了我的注意，仿佛在说，我真的是个重要物件。

打开一看，里边放着几封信件。那是祖母在她最后的时间里写给祖父的信。但不只这些，盒子里也放着祖父的回信，那是他写给亡妻的思念。

我四下张望，看到靠窗户一侧的桌子转角处放着一把椅子，便在那里坐了下来。那就是祖父临终时坐过的椅子。

我浏览起那些信。因为被读过太多遍，每一张信纸都已磨损，有些信纸的折叠处还贴上了胶带做修补。祖母的字写得很漂亮，祖父的字则差得惊人。已经褪色的信纸上，蓝色墨水写下的文字，颤抖着，跳跃着。

我读得入迷，忘却了时间——

也不知就这样看了有多久，等回过神时，我竟然已经哭出了声响。衬衫的胸口处也被泪水打湿。

我用手使劲地擦拭脸颊。为了让心情平复下来，我不由得把视线转向身后的桌子。

那个装置又出现在眼前，一个看不出是什么的巨大机关箱。但我早已知晓，是挂在正面墙壁上的那条白色床单告诉了我答案。

我先试着伸手摸向自己猜测的开关所在位置，果然不出所料，它就在那里。我跟祖父的思考方式非常相像（这也是隔代遗传的表现之一）。我用手指"咔嗒"一声按下开关，蜜蜂振翅似的嗡嗡声响起，装置动了起来。

西洋景。

年幼时所见的挥动翅膀的千代纸小鸟，决定了祖父这一生的命运。

虽然现在我只能靠想象，但我想祖父一定是以他舅舅留下的图纸为原型，凭借自己一个人的力量，完成了这个不可思议的装置。祖父就是这样的一个人，不效法，而是独自思考，也不仿造，而是去创造。只要试着去找找，应该会有许多更简单的制作方法（比如跟这个非常相似的，名为光学影戏机的装置，就是由法国的理科教师查尔斯·埃米尔·雷诺[1]，在早于祖父一百多年前发明完成），祖父却笨拙到只拘泥于自己的做法。无论世界进步了多少，祖父都置身于时间之流以外，只顾将全部心血倾注在自

---

[1] 查尔斯-埃米尔·雷诺（1844—1918）：法国发明家、艺术家，被誉为"动画的鼻祖"。他所发明的光学影戏机为动画奠定了技术基础，是动画放映系统最早的雏形。

己的作品上。

没错,祖父生来就是个局外人。他是一位不需要他人欣赏,只为自己创作的高傲的艺术家。

光线从装置上开的小孔里一下子射出,打到白色床单上,映出深浅不一的蓝色图案。我起身走到门口,关掉了房间里的荧光灯。

黑暗突然降临。墙上的床单变成了穿越黑暗,通往过去的窗口。这岂不是真的成了时间隧道,我想。

放映出的画面是年轻时的祖父和祖母,不对,我觉得叫他们宽太和真利子更为贴切。他们给我的感觉就像是两个老朋友。

准备坐回椅子上时,我看到了桌子上的一个怀旧物件——便携式录音机。这东西的年头相当久了,盖子还用橡皮筋固定着。

我将插在上面的耳机放进耳朵,按下了播放键。

肖邦的夜曲缓慢响起。

我回到椅子前,与祖父花费数十年完成的那唯一一件作品相对而坐。

画面从伫立在令我感觉似曾相识的风景中的两个年轻男女开始。似乎是在等待着什么仪式一般,他们面对面,相互微笑着。

就是那一天,我想,是他们两个开始成为夫妇的那一天——

蓝色铅笔描绘的单色画面,有一种惊人的写实感。但不知哪里又欠缺些现实的味道,宛若梦境或者来世,充满了奇异的漂浮感。

祖父到底画过几千张画呢?尽管画中的世界没有声音,亦没有色彩,但站在其中的两人鲜活地呼吸着,歌唱着生命的喜悦。

耳机中流淌出的夜曲,轻轻地催促着我些什么。

我的心开始安静地飘荡。

祖母——真利子的风采,如我想象的并无二致。小女孩似的可爱,充满活力,漂亮出众的笑容让每一个看到她的人都为之着迷。

她用纤细的手指将随风起舞的长发往上拢起,她的眼睛慢慢眨动,她像被阳光晃着了似的眯起眼,抬头望着那位刚刚成为她丈夫的青年。祖父年轻到可以说是稚气未脱,他像是还没有习惯这个世界,以一种似是没把握的表情看向他的妻子。

不知是有意,还是装置状态不佳的缘故,投影出来的画面都是慢动作,有时还会出现停滞。

那些活着的时间,以及光与影,在淡淡的蓝色中摇曳着,一点点地描述着爱。

蒲公英的茸毛随风飘来，宛若一个个洁白的小小天使，在为他们俩献上祝福。他将野花编织的发饰，轻轻地戴到妻子小巧的脑袋上。两个人亲吻到一处，满溢的喜悦让身体随之颤抖，不由得流露出炽热的呼吸。

我想起挂在绘画教室里的祖父的画，相比之下，此刻展现在眼前的世界，简直像是出自他人之手。他究竟经过多少次磨炼？也许，最初的十年、二十年，都被祖父用在反复练习这些画作上了。

为了制作出这世界上独一无二，只属于自己的生命之轮，祖父奉献出了永恒一般漫长的岁月。

他一动不动屏住气息，凝视着遥远前方的一个点，充满耐心，绝不贪图速度，默默地走完被分割成无限多的每一段行程。

这就像是去往银河的旅行。不会得到任何保证，在如同冰封一般的绝对真空里前进的孤独旅行。

绝不允许妥协，要像修道士那样彻底严格地自律。即便如此，从无中创造出有仍是一件难事。

一个点、一条线都不能忽视，因为细节之处，才有神明降临。哪怕是被粗心的灵魂看漏的一个小小变动，也不会被祖父放过。

这是一种强烈而持久的思念，绵延不绝，没有尽头。绝无一丝松懈,全神贯注,只是一心一意地追寻着妻子的影子。

或许,这已然是一种疯狂状态。普通人不会用这种事来浪费自己的人生,因为这世上还有数不清的更快乐的事可以做。

但是,祖父选择了这种活法。除了妻子,他别无所求——

宽太正在家门旁的柱子上钉门牌。真利子紧靠在他身旁,静静地看着他的一举一动。

"我们将在这里一起生活下去。坚定地陪伴彼此,直到死亡将我们分离……"

她穿一件无袖衬衫,及膝的藏蓝色裙子,脚上是一双木制凉鞋。新娘美得像梦一样,包围着两个人的空气,仿佛是他们之间的爱凝结而成的结晶,光辉闪耀。

原本,在这样的人生大日子里,应该会留下纪念照,但对贫穷的两个人来说,那是过于奢侈的期望。但也许正因如此,祖父将这喜悦的瞬间,丝毫不落地捧起,小心翼翼地收藏进自己心里。

我想,也许比任何事都重要的是心情。祖父在那一天感受到的震撼心灵的快乐,清清楚楚地都呈现在了画面里。就连身为观看者的我，在看到那种幸福时，脸上都会不自觉地露出笑容。

丈夫的视线追随着妻子。他们一个又一个的小动作，爱将它们留在了永恒之中。

她把发卡衔在嘴边，整理着头发。留意到丈夫的视线时，她似是害羞地微笑起来，悄悄地背对他。藏在她纤细脖颈处的淡淡阴影，还有从指间滑出，落在脖子上的一丝头发。

睡着的时候，在呢喃着什么的可爱嘴唇。凝望着丈夫，似在苦想些什么的目光。突然的破颜一笑，像个孩子似的满脸都洋溢着笑容。

又或是——她伫立在窗边的背影。逆光之中，那背影显得莫名感伤。他走上前去，她转过头，小声说了些什么。两个人的脸慢慢靠近，不久嘴唇就触碰到了一起。忧愁从她的脸上褪去，天真无邪的笑，如同闪闪发光的波纹一般荡漾开来。

他们两个是那样亲密，有时甚至到了令人窒息的程度。只顾注视着对方，然后储存到记忆里。对祖父而言，这或许也是爱的日常之一。

真利子写下的字句在我脑海中再次浮现。

她这样写道：

小宽，我们两个有过好多亲吻啊。你的吻，无论何时都让我着迷。只是回忆起那些瞬间，我的心都会跟着痛起来……

我真的好喜欢跟你接吻。所以，我一次次地向你索求，一次又一次地享受你的吻。我真的好开心……

你的嘴唇上藏着我好多幸福。就像是魔法的口袋一样，永远不会被掏空。

哪，我也让你感到幸福了吗？跟我接吻时，小宽也像我一样幸福吗？

祖父回复道：

当然啦。

你的嘴唇，就是我的天堂。在你的双唇间休息时，我总会忘记自我，陷入永恒。你的唇就是爱的源泉，永不枯竭地滋润着我的心，让我心醉神迷。

小真利，你的唇，你唇齿间的温暖，让我爱得不能自已……

坐在公交车上的真利子，以及骑着自行车追赶在后边的宽太。

丈夫曲着背，站起身猛蹬车子，拼命地追赶公交车。

妻子面带担心的笑容看着他。车窗玻璃被哈气遮上一层白雾，她在车窗后轻轻地挥手。她的嘴角紧紧一扬，那双湿润的眼睛，正凝望着她的丈夫。

她写道：

只要闭上眼，我现在也能看到你在那里。

回忆是不会枯竭的呢，所有的瞬间，都是我的宝物。

那是我去产科医院时的事了，小宽你拼命地踩着自行车，追在我身后。

哪，小宽你知道吗，那个时候，你不知给了我多少勇气。

因为有你陪在身边，我才能变得坚强。正是因为有小宽在，我才能坚持下来。

有一个如此担心我性命的人在我身边。这种温暖，给了我活下去的勇气。

有小宽在，我才不会害怕明天，我可以安心地睡着。你的手，只是放在我的背上，那种让我想哭的不安情绪，就会消失得无影无踪。

你好厉害啊，小宽。你到底是何方神圣？你用其他人绝对做不到的难以置信的方法，让我变得坚强。

可真像是魔法呢，就像"亲亲噗噗"①一样。

所以，分别的时候，我一定也会带着微笑。

我就是有这种预感……

在一个换了口气似的暗转之后，画面切换到产房。

母子像，祖父之前说过。

确实如他所说，祖父眼中的母子，被淡淡的光芒笼罩，仿佛他们并不属于这个世界。就像是雨水滑过的窗子外的风景，视线被洇得模糊不清，总是在摇晃。

年轻的父亲走上前去，跪下来，垂着头。妻子将手指穿过他的发丝，对他悄悄说着什么……

"那个瞬间，是我人生中的顶点。"祖父曾这样说过，"对我这样的人而言，那真的是美好到令人惶恐的瞬间。"

---

① 一种咒语，出自"亲亲噗噗，痛痛飞走啦"，是小孩子在受伤时，大人常会使用的安抚用语。

真利子则这样写道:

小宽,当时你一直在哭呢。没事了,已经没事了,就算我这么跟你说,你的泪还是一点儿也没有停下来。

当时我很高兴,感觉松了口气。让你担心了,对不起啊。

原谅我的任性吧,我知道小宽在为我担心。还有你说的放弃孩子也没关系。但是啊,无论如何我都想创造属于自己的家人。

我啊,做过一个梦。在梦里,我们一家人特别幸福。

我们俩都是小时候就失去了家人,都有过非常寂寞的感受,对吧?就是这个原因吧,我一直憧憬着能拥有属于自己的家人。

人一定是只能靠这种方式活下去吧,会终其一生去追求那些失去的东西。

如果,我们能有一个小宝宝,那个梦或许就算应验了吧。这么想着,我觉得自己能活下去。藏在我身体里的那些小小的碎片,不可思议地都变得很老实,那么我就再没有什么好怕的了。

但是，我的愿望没能实现……

小宽，优治就拜托你了。那孩子就是我们的梦啊，你一定要给他很多很多的爱。愿你们两个能幸福，我会一直为你们祈祷……

给小宝宝喂奶的母亲。支撑在她背后的父亲的视线，落到了那雪白的乳房上。还有专注地吸奶喝的婴儿，以及看着婴儿的她的侧脸。

视线移动，接下来看到的是浮现在房间微暗光线中的三个人的身影。伸展双腿，坐靠在衣柜上的宽太，他的怀里正抱着妻子和孩子。幸福的时光安静流淌。

真利子写道：

小宽，谢谢你啊。

谢谢你陪伴在我身边的所有时光。多亏有小宽的存在，我的人生被幸福填得满满的。喜欢上一个人，真是件美好的事啊。能够来到这个世上，真好。能够与你相遇，真好。

哪，其实啊，我一直在悄悄地向稻荷神大人祈愿。

希望小宽能活得更轻松一点儿，希望小宽的痛苦能变成快乐,哪怕只是一点点也好。

小宽那个人啊,是个特别好的人。可为什么要让他经历那么多痛苦呢?我这样对稻荷神大人说话,会不会惹恼他呢?

哪,原来,爱会让人打从心底里祈盼喜欢的人能一直活下去。

小宽,要活着啊。

活着,活着,活下去,让所有人都大吃一惊。让他们知道,就算我们这么弱小,也不会一下子就轻易地倒下。

你和优治会继续我的生命,所以我不会觉得悲伤。哪怕被夺走再多,被打击再多,我们都要继续活下去。

爱会让我们成为永恒……

她在跳舞。耀眼的阳光之中,她将孩子高高举向天空,陀螺似的不停旋转。落叶在风中飞舞,树叶间隙照下来的光线,在她的连衣裙上匆忙地踏着舞步。

祖父写道:

那时我们在森林里散步。

森林深处，我们三个人在一起。你将头发编成麻花辫，那样子看起来就像是一个小小少女，我慌张得不得了，什么都说不出口。

"你看。"你对我说。

我问："什么？"

"我感觉到失去的小脚趾了。"你回答道。

"真的有，现在还在这儿。"你用手指着自己的脚，"它还在这儿向我喊疼……"

我也一样。

感觉好疼啊。就像你失去的小脚趾，我被扯掉的一半翅膀，有时向我诉说着令人想死一般的疼痛……

每当那时，我就轻轻唤起你的名字。在深夜的寂静之中，轻轻地，唤起所爱之人的名字……

多么不可思议啊。只在心里想时并没有用，但将你的名字喊出声后，我的身体里就开始起了变化。我感受到了些什么，是近似预感的东西。那种似有似无的隐约气息，宛如掠过脸颊的一片雪花，悄悄地触碰着我的心。

然后，我总是忍不住地哭起来。并不是因为伤心，而是感觉到了幸福。

我感觉似乎可以抓住些什么，马上、马上就抓到了，我这么想着。这让我觉得特别高兴……

年轻的父亲正注视着睡在婴儿床里的宝宝。妻子走近，挽上他的手臂，她抬头望着丈夫，微笑起来，然后将耳朵贴上他的胸膛。她的一只手伸向空中，轻轻地摇动起剪纸吊铃——

小真利，你曾说过的。
盼望和祈祷这件事本身，一定非常珍贵。即使愿望没有成真，一心一意地始终想着一件事的行为，已经是人生给我们的报酬了。
我也这样认为。
此时此刻已经不在身边的某个人、再也回不去的令人怀念的日子，以及遥远的故乡的街道——关于对这些人和事的渴望，与少年时代感受到的永恒的憧憬，还有靠近触不可及的向往之人时那种想哭的心情，它们在根本上都是相互连接的吧？
思乡之心、怀旧之情，甚至是祈祷，全部都变成结不出果的单相思，在我们的心里留下甜蜜而难过的情绪。
如同向着夜空中闪烁的遥远群星伸出手一般，无论何时,我们都要活在追求中。即便知道那是无法实现的梦。

但是,也许……我不禁在想。

只要一心一意地始终想念着那些永恒一般的过往,无论走到哪儿,一直坚持到最后的话,终有一天就会……

又或者,我不过是在做着一个不可能实现的梦吗?

暗转。

接下来放映的画面,让我大吃一惊。
那是华丽炫目的游乐园光景。这并不是祖父的回忆!
我的视线落回手中未读完的信,难看的字迹在蓝色的光芒中舞动。

祖父在信中呼唤着:

小真利,能听到我的声音吗?
我一直在想,为什么我们两个人不得不分离呢?

我们做错了什么？我们明明从不贬低、憎恶他人，也只会祈求与自己相符的那一份幸福。

还是说无论重来多少次，我们终究都会遭遇那种被迫分离的命运呢？

在这个充满私欲和憎恨的世界里，我们这样的人，不管到什么时候都只能像这样活着吗？

如果这就是事实的话，虽然很痛苦，至少我还会祈祷。

祈祷有一天，憎恨会从人们中间消失，年轻的恋人们不必再经受悲伤的世界终会降临。

我一心一意地不停祈祷着，能够出现一个让关于武器的词语和概念全部消失的世界。那里的人们，不再像我们这样悲伤，只是专注地——

总之，正如祖父在信中所写。

那些画面是一个被相互憎恨的人们夺走了爱人的男人所做的梦。

祖父倾注最多心血的不是家人的过去，而是描绘未来、来世。

海边的游乐园。

吊在圆柱形高塔上的飞机不停旋转。前面一架飞机上，坐着年轻的父亲和大约五岁大的少年。后边的飞机上则是他的妻子和女儿，那是五岁少年的妹妹。女儿跟母亲长得一模一样。

父亲的双手高举向天，开心地笑着。儿子也模仿起父亲的样子。丈夫一次又一次地回过头去，与妻子目光交接。

没有憎恨，也没有斗争。所以，妻子的生命不会结束，丈夫也不再会被毫无理由的不安所折磨。她将永远健健康康，他则拥有无限的自由。他们什么都不再害怕，可以去往任何想去的地方。

他们俩像普通的夫妇一样携手白头，收获着人生的果实。

这里就是那样的世界，是祖父祈愿的梦。如同年幼的真利子描绘的那幅画一样，那里只充满了体贴和温柔。

坐在过山车上的一家人。这次是妻子和女儿坐在前边，丈夫和儿子坐在她们后边。车厢缓慢地爬上顶点，孩子们都元气十足，兴高采烈地叫闹着。妻子回头去看丈夫，用视线交流着些什么。

云层散开，阳光落到他们身上。他闭上眼睛，体味着那种即将到来的欢呼声悄悄抚上脸颊的感觉。

不多时，车厢在最高点停下，下一个瞬间便开始向下俯冲。

妻子的头发在风中起舞，丈夫举起拳头，叫喊起来。儿子也学起父亲的样子，高举拳头，像狼似的面朝天空放声号叫。女儿笑起来，母亲也跟着笑出声。一家人的笑声，以不得了的气势下落，又再次上升。

这是不曾被拍摄下来的家族肖像，是旅行的记录影片。
这些画面中寄居着灵魂。当我看着它们的时候，感觉那就是现实中的光景。我的眼泪怎么都停不下来。

蓝色的世界中，很快有了色彩，也充满了光。
我确实看到了，真利子和宽太祈盼的世界，就在我眼前。祖父的梦最终还是实现了。
祈祷所爱之人健康常在的那份强烈愿望，改变了世界。那是不能有一丝动摇，只能一心一意持续一生的无尽思念。
这份过于长久的思念，看起来也许很傻。又因为他们太过纯粹，那样子看起来就像个狂人吧。即便如此，他们还是在不停地祈祷。
难道说，是我们太小看愿望的分量了吗？有时，只凭一个人的意念就能让世界发生改变。

他们走在没有人的海边沙滩上。是因为暴风雨要来了吗，海浪高卷,白色的浪头层层交叠,冲向岸边。

一天即将结束。天空像映照出大海一样,被海浪形状的云层厚厚覆盖着。

视线如鸟儿一般自由地飞来飞去,一家人的身影出现。

丈夫和妻子牵着手,年幼的女儿紧紧抱着母亲的腰。女儿的背上有一双马赛克图案的翅膀,这让她变成一个像大人似的天使。儿子时而走到他们前面,时而跑到后面。他在海边捡拾起贝壳,又将它们扔向大海。

风吹起妻子连衣裙的裙摆,她用手按住飞起的头发,眼神专注地看向丈夫。笑容浮上她的脸庞,她在安静地品味着这奇迹般的时刻。

真利子写道:

哪,小宽?

此刻,你睡着了。这是好不容易降临到你身上的短暂休息时间,你已经太憔悴了。

我可怜的小宽,你很累了吧。

小宽,你一定是不该生在这个世界上的,在其他地方,应该存在着一个更适合你的星球。

哪,如果有来世,我们就在那个星球上相遇吧。好吗？就这么决定吧。

透过窗子，看得到圆圆的满月呢，特别美。

小宽，你的脸上也正映着月光呢。好严肃的表情啊，为什么你连睡着的时候，眉心也皱着呢？是正在做噩梦吗？人们正追在你身后要打你吗？

为了让你远离噩梦，我来给你唱摇篮曲吧……

哪，小宽。我呀，大概是不行了。我知道自己的身体已经瞒不住你了。

我的灵魂会去哪儿呢？已经再也不能见到小宽了吗？

不会见不到的，对吧？不然那也太可悲了。

我喜欢小宽的笑脸，喜欢你轻轻抚摸我的温柔举止，喜欢你呼唤我名字时的声音。

能跟我最喜欢的你在一起，拥有一个可爱的宝宝，对我而言，这样的人生已经是得到太多了。

哪，多亏了小宽，我才能过得这么幸福。我完全没有想到，自己能拥有这么精彩的人生。哪，你能相信我的话吗？

谢谢你啊，小宽。孩子就交给你了。

你千万要保重身体啊，不要勉强自己。晚上睡不着的时候，就回想我唱的摇篮曲吧。因为无论何时，我都会在小宽身边。

永别了，我孤单的孩子。

永别了，我的命。

愿终有一天，我们再相见……

夫妇停下脚步，面朝大海伫立。女儿拉着母亲的手，儿子握着父亲的手。

海浪宛如山顶覆雪的山脉一般靠近，雪白的水花四散。

晚霞染红了世界，几线光柱将天空与大海相连。

他闭上眼，仰面朝天。黄昏温和的光辉照在他的脸上。

他轻轻张开嘴，发出一个长长的叹息。笑容浮上他的脸，祝福之光笼罩着他的全身。

不久，丈夫重新睁开双眼，注视着妻子，低声说着什么。

"小真利，我爱你。"他的嘴唇颤动着。

"我也是哦。"妻子回应道，"小宽，我爱你。"

他将贴在她脸上的头发温柔地拢起，又在她可人的额头上吻了一下……

然后，整个世界逐渐失去光亮，很快便消融进黑暗之中……

希望有一天能去海边。你曾经说过这话吧。

到那时，优治一定已经长大，他之后还会有一个跟你很相像的可爱的妹妹。

我们会在无人的海岸漫步吧。自云层之间照射下来的光带，恍若一个奇迹，照亮着世界。

我仰望天空，感觉心愿终于抵达了上天。

无上幸福的瞬间降临。

"哪，感觉好像跟神明心意相通了呢。"到那时，你一定会这样对我说吧……

尽管我是个如此不中用的人，但我会努力活到那一天到来的。

活着，活着，活下去，就让所有人都大吃一惊吧。就算被打得再痛，就算被夺走再多，我都绝不会认输。因为对你的爱，能让我活下去。

我会骑上坏掉的自行车继续往前走。倚赖着你的声音，朝着那遥远的地方，不停地踩着自行车前行。

然后，总有一天，我一定会找到你。我向你保证。

所以现在，直到那一天到来为止，永别了，我深爱的妻子……

* * *

"爸爸"的呼唤声，将我拉回到现实。

我看到女儿穿过那小小的入口，走到房间里来。

"好暗呀，什么都看不清。"

"危险，你站那儿等着。"

我赶忙抹掉眼泪，从椅子上站起身，走到女儿身边，按开了房间的照明开关。

光线骤然充满房间，女儿被晃得不住地眨着眼。

"哇，好厉害！"她说，"这是什么？"

"时间隧道。这个房间是连接过去与未来的隧道哦。"

"那是什么意思？"

"嗯，以后你就明白了。对了，妈妈呢？"

"在外边。在给狗狗喂饭吃。"

"把约翰也带来了？"

"是呀。"

妻子正怀着第二个孩子,是女儿的弟弟(现在通过科学检查可以提前得知)。

"哇,爸爸你看。"女儿说。

"是爸爸的书呀。"

"真的是……"

我一直没有注意到,在靠近入口处的架子上,至今为止我出版过的所有书都被整齐地排列摆放着。那是祖父单单为了我的书而制作的特别的书架。看起来是用了很高级的木材,此外还有一个应该也是祖父亲手做的书挡,上面还有精致的图案。

我的那些书正以一种令人愉悦的状态,很合适地被收纳在书架上。仿佛从最一开始,这些书和书架就是被当作一个完整的作品制作出来的。

爷爷……

祖父他用符合自己风格的细腻而克制的方式,爱惜着我的书……

想到这些,我的心里突然一团火热,眼泪似乎又要下来了。

女儿注意到了被放在桌上的那幅速写画。

"啊,是妈妈。"她说。

"哪,"女儿把画拿给我看,很开心地说道,"这个是妈妈吧?"

"是呀。"

"另一个人是爸爸。妈妈和爸爸为什么站在这儿？这是哪儿？"

"那儿啊……"

就是这个瞬间，一个想法忽地浮现在我脑海里。

对啊，把那次旅行的经历写成小说吧。改变我人生的两天，那可真是一次奇妙的旅行。在那次旅行中，我学到了很多，关于爱，关于温柔，以及关于活着的意义。

曾经，有一对深爱着彼此的恋人——他们在有限的时间里，相互体谅、怜爱，竭尽全力地活过——就让所有人都知道这个故事吧。

我会接过祖父的那份心愿，恰如祖父耗尽一生不断期望着一样，我也……

一个人或许不会带来任何改变，但是，心愿可以被传播出去，传到那里一点儿，传到这里一点儿……

让我们成为点亮黑暗的明灯吧。不是照亮大道的明晃晃的火焰，而是点亮狭窄昏暗小巷的一线蓝色灯火。希望有那么一天，当有人想通过这条小巷时，我们可以静静地为他照亮脚下的路……

"啊，大树的果实掉了。"女儿说。

我靠近一看，那是胡桃楸的果实。三颗果实正并排滚落到紧靠银幕前方的地上。

因为被它们吸引了注意,也因为房间太亮,我漏看了仍在播放中的画面。

银幕上正播放着最后一段影像。

那是祖父在人生的最后阶段做的梦。

在漫长旅程的最后,他终于获得了自由,已经再没有任何忧愁和痛苦。他终于摆脱了像穿了尺寸不合适的上衣一样无论如何都让他感觉拘束的身体,轻快地奔向远方。

向着那个让他怀念的回忆中的地方——

年幼的宽太正伫立在洋房的前院里。他很想进去,但又有些胆怯,怎么都没能走进去。他时而往前几步,时而又退回来,仰望着洋房的窗户,沉沉地叹了口气。

他一直很在意这座洋房,附近的孩子们都开心地跑到这里来。画画、做手工,听说有时还会玩捉迷藏之类的游戏。

这里好像非常快乐。我也想一起玩儿,可是,怎么也没有勇气走进去。他想。

就在那时候,一位少女向他搭了话。

"你怎么了?"

宽太什么都没说出口。她可能刚去采过野花，头上戴着用花儿制成的发饰，看起来特别可爱。就连宽太自己都没有意识到，在他心中的最深处，有些东西正在悄悄萌芽，开始生长。

蒲公英茸毛恍若光的精灵，它们耀眼地闪烁着，在少女的身边起舞。被柔软的阳光镶上金边的她，如同一个淡淡的梦。

"我叫真利子。你呢？"

"我叫宽太。"

"那，就叫你小宽吧。"

"嗯……"

"走吧？"她牵起宽太的手，"带你去见我的朋友们。"

"嗯。"

两个人牵着手，踏上洋房的台阶。随后，洋房像是正在等待他们的到来，大大的门缓慢地向左右敞开，昏暗的门厅出现在眼前。

大家都在那里，孩子们都在等着他们。启司在，年幼的江美子也在。每个人都在笑着，都像天使一样，天真无邪地散发出光辉。

宽太和真利子一直牵着手，走进门厅的微暗之中。孩子们围在他们身边，牵起他们俩的手，带他们往房间里走去。

时间像风车一样旋转不停,同样的季节循环往复……

生命之轮不出声响地开始旋转。美好而完美的一天又来到了。

在没有结束的季节之中,孩子们做着关于永远的梦。

不久,大门跟打开时一样,嘎吱嘎吱地缓慢合到一处。

如同太阳西斜一般,影像画面转暗,被爬山虎覆盖的洋房融进森林深处,逐渐消失。

紧接着,画面终于完全陷入黑暗。

之后就只剩孩子们的笑声,隐约从远处传来……